「ミレイユ……ミレイユ、愛してる……っ！」
「ああ、私も……エドゥアール、お願……来て……っ！」

策士な侯爵様はお転婆令嬢を溺愛する

～偽装婚約かと思いきや、すべて計画通りでした!?～

香村有沙

Vanilla文庫

CONTENTS

イラスト／なおやみか

一章

すごく綺麗《きれい》な男の子だ、と思った。

庭に面した応接間。大きな窓から差し込む光で、銀の髪がきらきらと輝いている。

まるで神様が理想を詰め込んで作り上げたような、整った顔立ち。大人たちの格式ばった挨拶《あいさつ》を見つめるその瞳も、銀の光がちりばめられた濃灰色《のうかいしょく》だ。

母の友人の子どもだというその少年は、ミレイユよりも四つ年上の十歳だという。

「なんと賢い子だ！　これは将来が楽しみですなあ。それに比べて、我が家のミレイユはどうにもお転婆《てんば》で……。まったく、その利発さをいくらか分けていただきたいくらいですよ」

大人びた微笑を浮かべて、礼儀正しい受け答えをする少年を、ミレイユの父は嬉《うれ》しそうに褒《ほ》めたたえている。

（もう、お父様ったら！）

引き合いに出されたミレイユは、むっと唇を尖《とが》らせる。初めて会う男の子の前で、わざわざそんなことを言わなくてもいいのに。

でも、少年の反応を窺《うかが》うようにそっと視線を向けたとき――ミレイユはあることに気が付いた。だから、こう声をかけたのだ。

「ねえ、あっちで一緒に遊びましょ！」

ミレイユは少年の返事も待たず、その手を引いて駆け出した。

「こら、ミレイユ！　待ちなさい！」

後ろから慌てた父の声が聞こえるが、振り向きもせずに知らんぷり。

ミレイユはくすくすと無邪気《むじゃき》に笑いながら、少年と共に応接間を抜け出し、廊下を行き交う使用人の間を器用にすり抜けていく。

「あ、あの……」

庭に面した勝手口の扉を抜ける頃、それまで黙っていた少年が初めて口を開いた。

「戻らないと。父上と母上が心配するから」

足を止めて、頑《かたく》なに外に出ようとしない少年に、ミレイユは「駄目よ」と首を振った。

「だって、つまらなかったんでしょ？」

「え……」

「それなのに、あんなにニコニコ笑ってたら、心も、綺麗な顔も疲れちゃう」

「……どうして、わかったの？」

「どうしてって言われても……」

ミレイユにしてみたら至極当然のことを言ったまでなのだが、少年はひどく驚いた様子で、濃灰の瞳を見開いている。

ミレイユが答えに窮《きゅう》する様子を見て、少年は不意にふわりと微笑した。

「不思議な子だね、君って」

（あ……今度は、本当に笑ってる）

その笑顔が、端整な少年の顔をますます美しく飾り立てるものだから、ミレイユはなんだか胸がどきどきするのを感じた。

「あのね、あなたみたいに綺麗な子、初めて見たわ」

ミレイユは少年をじっと見つめる。もっとこの男の子のことを知りたい、そう思った。

「私はノーマルド伯爵家のミレイユ。あなたはなんていう名前なの？　どこから来たの？　食べ物は何が好き？」

「ちょっと待って。そんないっぺんに聞かれても、答えられないよ」

「ご、ごめんなさい。私、いつもこうなの。落ち着きがないって父様や母様、それに家庭教師にも怒られていて……」

「確かに、君って変わった子だね」

しゅんと肩を落とすミレイユを見て、少年は小さく笑う。

「でも、なんだか面白いな。……僕は、ヴァンテイン侯爵家のエドゥアール。よろしく、ミレイユ」

「よろしくね、エドゥアール！　今日から私たち、お友達よ！」

ミレイユは少年と繋《つな》いだままの手を、ぎゅっと握りしめる。

「それじゃ、私の秘密の場所に案内してあげる！」

ミレイユはエドゥアールを連れて外に出ると、庭に面した森へと向かった。

奥へ、奥へ。森はどんどん深くなるが、ミレイユは怖がる様子もなく進んでいく。

「どこまで行くんだい、ミレイユ」

「もう少しよ！」

戸惑うエドゥアールには構わず、ミレイユは下草を踏み分け、大きな倒木をよいしょ、と乗り越える。

やがて、エドゥアールの顔にわずかな疲労が浮かび始めた頃、ミレイユは足を止め――。

「……はい、到着！」

たどり着いた先は、色とりどりの花が咲き乱れる、小さな花園だった。

「……すごい」

「でしょう⁉」

ぽつりとエドゥアールの口から零《こぼ》れた言葉に、ミレイユは満面の笑みを浮かべる。

「しかもね、ただ綺麗なだけじゃないの！　どれも人の役に立つ薬草なのよ！」

これは食べすぎに効くもの、これは風邪をひいたときに飲むもの……ミレイユは花畑に屈《かが》み込むと、足元に咲く花をひとつずつ指差していく。

「君は薬草が好きなのかい？」

「ええ、大好き！　だって、とっても不思議でしょう？　こんなに綺麗なのに、どれもお医者様が使う薬にも、怖い毒にもなるのよ」

花や葉、実、根。小さくて、踏みつけるだけで枯れてしまうような植物が、見た目からは想像できないほどの力を持つ。それが、ミレイユの心を惹《ひ》きつけてやまない。

「どうしてなのかなって、もっと、もっと知りたくなっちゃうの！」

「なるほど」

ミレイユが活き活きと語る姿を、エドゥアールは微笑《ほほえ》ましく見つめていた。

「でも、ここに連れてきたのは、あなたが初めてよ。本当は、将来の旦那様だけに、こっそり見せてあげようと思ってたんだけど、エドゥアールは特別！」

「それは光栄だな。だけど、君と結婚する人は、色々と大変そうだ」

「どうして？」

エドゥアールが少し困ったように笑うのを見て、ミレイユは首を傾《かし》げた。

「だって、森に行く君を追いかけなきゃいけないだろう？　僕、こんなに外を歩いたのは初めてだよ」

「えっ！　気付かなかったわ、ごめんなさい」

屋敷に隣接する森を遊び場にしていることもあり、ミレイユは普段から森歩き用のブーツを履いていた。着ているワンピースも、動きやすいように丈や裾を調整してあるものだ。淡い金の髪も、低木の枝に引っかからないよう、しっかりとまとめてある。

対して、エドゥアールが履いているのは柔らかな革靴で、どう見ても森を歩くのには向いていない。仕立ての良い服も、あちこちが泥や草の汁で汚れてしまっていた。

屋敷に戻った後のことを想像し、ミレイユはしゅんとした。

「エドゥアールのお父様とお母様には、絶対に怒らないでってお願いするわ。あなたを連れ出したのは私ですもの」

「ううん、怒られるときは僕も一緒だよ。だって、こんなに楽しい日は初めてだ」

「エドゥアール……」

やっぱり、彼を連れ出してよかった。ミレイユは改めてそう感じていた。

だって、心の底から笑ったエドゥアールは、さっきとは比べ物にならないほど綺麗だ。

「それよりも、君の話を聞きたいな。薬草のこと、もっと教えてよ」

「ええ、喜んで！」

ミレイユとエドゥアールは、時間も忘れて、秘密の花園で過ごし――。

やがて、木々の隙間から差し込む光に陰りが見え始めた頃。

「そろそろ戻らなきゃ」

名残惜しそうに、ミレイユは呟《つぶや》く。日が暮れるまでにまだ時間はあるが、森の中では油断は禁物。幼い頃から、領地の森番に繰り返しそう言われている。

「そっか。……残念だな。もっと君と一緒にいられたらいいのに」

ミレイユとエドゥアールは、共に過ごせる時間を惜しむように、来たときよりも少しだけゆっくりと森を歩いていく。

「絶対に、また遊びに来てね」

せがむようにエドゥアールに話しかける間も、森の中は徐々に暗くなっていった。

だから、ミレイユは気が付かなかったのだ。足元に、モグラの巣穴があったことに。

いつもなら、ミレイユはきちんと巣穴を避《よ》けて歩いていた。でも、その日はエドゥアールとのおしゃべりに夢中だったせいで、周囲への注意がおろそかだったのだ。

「きゃっ……」

でこぼこになった地面に足を取られ、ミレイユの体が傾ぐ。

「ミレイユ！」

エドゥアールは慌てて手を伸ばした。だが、その体を支えきれず、一緒に転んでしまった。

「いたた……。大丈夫、エドゥアール……あっ」

体を起こしたミレイユは、隣に倒れているエドゥアールを見て、顔色を変えた。

不運なことに、エドゥアールが倒れた先には尖った木の枝が落ちていた。そして、それが彼の額をざっくりと切り裂いていたのだ。

「……っ、怪我はない、ミレイユ？」

「私よりもあなたよ！　血が、こんなにいっぱい……！」

彼の額から流れる血を止めようとして、ミレイユはハンカチを必死に押し当てる。

けれど、血が止まる様子はない。

（どうしよう……）

ミレイユの目に涙が浮かぶ。

「ごめんなさい、ごめんなさい、エドゥアール！　私、なんでもするから……」

だから、エドゥアールを助けて――――！

＊　＊　＊

「……久しぶりに、嫌な夢を見たわ」

ベッドの上、ミレイユは眠たげに体を起こしながら、憂鬱《ゆううつ》も露《あら》わにそう呟いた。

立ち上がり、カーテンを開ける。窓の外は雲ひとつない快晴だが、ミレイユの胸中はどんよりと曇り空、ときどき嵐……といったところか。

（きっと、昨日の手紙のせいね）

晴れやかな朝に不似合いな、盛大なため息をつく。件《くだん》の手紙は便せんを開いたまま、机の上に置きっぱなしだ。文面はもう何度も繰り返し見たパターン。

――あなたにはもっと良い相手がいる。この縁談はなかったことにしよう。

つまり、お断りの返事だった。

（縁談が壊れたの、これで何回目かしら……）

ミレイユは今年で十九歳。そろそろ結婚してもおかしくない……というか、普通なら、相手くらいは見つかっている年頃だ。

だが、これがどうにも決まらない。家柄を考慮したり、社交界で話してみたり、と釣《つ》り合いの取れる相手を探しているのだが、いざ実際に会ってお話を――となったところで、なぜか必ず向こうから断られてしまうのだ。

どうしてこうなるのだろう。

三回目から不穏な雰囲気《ふんいき》が漂い始め、六回目からはもう数えることをやめてしまった。

(まあいいわ。顔も合わせていない相手に期待しても仕方がないもの)

積極的に縁談を組もうとしているのはミレイユの父、ノーマルド伯爵だ。何しろミレイユは伯爵家の一人娘。なんとしても夫を迎え、伯爵家の血を次代に継がなければいけない。

(……なんて、お父様はお考えなのでしょうけど)

実のところ、ミレイユは独身のままでも構わないと思っていた。

ミレイユが暮らすレンディアス王国では、女性でも爵位を継ぐことが認められている。血族の男子を後継者に据えるまでの一時的な制度なのだが、そこは父方の親戚から養子を取れば問題ないだろう。

「今の私には、結婚なんかよりずーっと大切なことがあるのよ」

ミレイユは鏡台に向かうと、侍女を呼び、手早く身支度を整えた。

鏡に映るのは、亡き母によく似た、可憐《かれん》な面立ちだ。新緑のような明るい緑の瞳は長い睫毛《まつげ》に縁どられ、ふっくらとした唇は薔薇《ばら》色に色づいている。

淡い金の髪をハーフアップにまとめて、瞳の色と同じ輝石《きせき》の嵌《は》まった髪飾りを挿す。伯爵令嬢にしては少々質素なデザインのワンピースは、動きやすさを重視するようにと、仕立屋に依頼して作ったものだ。

礼を告げて侍女を下がらせると、ミレイユは水差しを手にバルコニーへ出た。

「おはよう、みんな」

弾《はず》むような声でミレイユが挨拶をした相手は、バルコニーいっぱいに置かれた、大小さまざまな植木鉢だった。葉の大きいもの、小さいもの。花を咲かせているものに、実をつけているもの。そのひとつひとつを愛おしむように、丁寧に水をあげていく。こうして屋敷に置かれた植物の世話をするのは、ミレイユにとって欠かせない朝の日課だ。

「あなたはそろそろ収穫ね。この量だと、ジャムにするか……。あとは乾燥させて、パウンドケーキに入れて焼いてみるのもよさそう！」

植木鉢に植えられたブルーベリーの実を優しく撫《な》でて、ミレイユはふふっと笑う。

「さて、次は庭に下りないと……」

今は社交界が開かれる季節のため、ミレイユは王都にあるノーマルド伯爵家の屋敷で生活している。

ノーマルド伯爵領は大半が深い森に覆《おお》われ、その領主たる伯爵家の屋敷も森の一部に隣接するかたちで建てられている。それに比べれば、王都の屋敷に植えられた木々の数は段違いに少ない。

だが、その分だけ丁寧にひとつひとつの世話ができるということもあり、ミレイユは王都の生活もそれなりに気に入っていた。

そのとき、開かれたままの自室への大窓から、どたどたと騒々しい足音が聞こえてくる。

「ミレイユ！　また破談になったというのは本当か⁉」

「あら、お父様。おはようございます」

振り返れば、父、ノーマルド伯爵が、悲愴な顔で立ち尽くしている。

「どうしてそう平然としていられるのだ！　頼むから、一日でも早く、父を安心させておくれ！　お前が結婚できないなんて、亡くなった母さんに申し訳が立たん……」

「そう言われましても……」

一度も会ったことのない相手に断られ続けている身としては、何をどうすれば縁談がまとまるのかわからない。

「私はもうあきらめていますから、お父様も潔《いさぎよ》くあきらめてはどうかしら？」

「誰があきらめるか！　お前こそ、せっかくの社交シーズンだというのに、舞踏会の招待ひとつ受けず、草いじりばかりに精を出して……！　そんなことばかりしているから、妙な評判が立つのだぞ⁉」

「評判……。ああ、『ノーマルドの鈴蘭《すずらん》』とかいう、妙な呼び名のことでしょうか？　それとも、『森の魔女令嬢』の方かしら？」

ミレイユが植物の栽培に傾倒していることは、社交界にすっかり知れ渡っていた。縁談が次々と破談になっていることもあり、口さがない人々には嘲笑《ちょうしょう》にも等しい呼び名を付けられているようなのだが――。

(鈴蘭とつけた人のセンスは、私も見習いたいところね)

あの花は小ぶりで可愛らしい見た目をしているが、実は強い毒を持っている。

(私もそうありたいものだわ……)

ミレイユがしみじみ考えていると、ノーマルド伯爵の体がぶるぶると震え始めた。

「ミレイユ！　少しは真面目に話を聞きなさい！」

「お父様こそ落ち着いてくださいませ。だいたい、草いじりと馬鹿《ばか》にするような口ぶりですけれど、植物というものは、我が家にとっては誇《ほこ》りに等しいものでしょう」

ノーマルド伯爵領の財源は、木の実や薬草、獣《けもの》の毛皮といった、領地を覆う森の恵みによって支えられている。加えて植物の世話は、ミレイユにとって何ものにも代え難《がた》い趣味だ。

「それを馬鹿にするのであれば、そんな相手、こちらから願い下げですわ」

「……その気の強さも、母さんとよく似ているな」

「光栄です」

ミレイユはにっこりと笑う。

「ともかく、そう簡単に結婚をあきらめるものではない。せめて、今宵《こよい》の王室主催の舞踏会だけは、必ず出席するように。よいな?」

「……あら、いやですわ。私、急にお腹が痛くなってきたような」

「そのくらい、お前なら薬草を煎じてすぐに治してしまえるだろうが!」

すかさず返ってきた父の言葉に、ミレイユは心の中で舌を出す。

(さすがお父様、これくらいじゃ誤魔化せないか)

とはいえ、王室主催となれば、王都に滞在する貴族はほぼ出席する規模だろう。人混みに紛れて姿をくらましても、きっと気付かれないに違いない。

(お父様には申し訳ないけれど、適当なところで切り上げて帰っちゃいましょ)

ミレイユはなおも小言を言い続ける父親を眺《なが》め、呑気《のんき》にそう考えるのだった。

＊　＊　＊

無数の星々が煌《きら》めく夜空の下――白亜の王宮には、レンディアス王国内のみならず、国外からも多くの貴族が招かれていた。

今宵の舞踏会は、いつにもまして賑《にぎ》やかだ。

神話画の描かれた天井に灯る、クリスタルのシャンデリア。眩《まばゆ》いほどの輝きに照らされた室内では、豪奢《ごうしゃ》に着飾った男女があちこちで話に花を咲かせている。

（よくもまあ、あんなに話すことがあるものねえ）

ミレイユは大広間の壁際に陣取り、なるべく目立たないよう気を配っていた。

その細く小柄な肢体にまとうのは、鮮《あざ》やかな緑を基調にしたドレス。

しっとりとした光沢の生地を幾重にも重ね、愛らしくふわりと広がる裾には金糸の刺《し》繍《しゅう》が繊細に施されている。大きく開いた胸元にはレースが飾られ、真珠のネックレスと合わさり、見る者に清楚《せいそ》な印象を与えていた。淡い金の髪は編み込まれ、耳元には小粒な真珠をいくつも集めた耳飾りがほのかな輝きを宿している。

できれば誰とも言葉を交わさずに帰りたい。貴族に名を連ねる者の一員としてあるまじきことを考えながら、ミレイユは扇の陰で微《かす》かなあくびをする。

とはいえ、どこにでも目ざとい人間はいるもの。

先ほどから遠巻きにミレイユの様子を窺っているのは、噂《うわさ》好きで有名な子爵夫人とそのご友人たちだった。

「まあ、ノーマルド伯爵令嬢は、また……？」

「なんてお可哀想《かわいそう》……」

（……聞こえてるわよ）

扇で口元を隠し、ミレイユは盛大にため息をついた。

彼女たちの情報網は侮《あなど》れない。どこからどう話を仕入れたのか、ミレイユの縁談がまたも破談になったことは、きっと今夜中に社交界へ知れ渡るだろう。

と、子爵夫人たちへ背を向けたミレイユは、見知った顔と目が合った。

豪奢な金の巻き髪と、サファイアのような濃い碧眼《へきがん》。目鼻立ちのはっきりとした、端整な顔立ち。数少ない友人である、フォルス伯爵家のレイチェルだ。

「あら。ご機嫌よう、ミレイユ。さすがのあなたも、きちんと来たのね」

「仕方なく、ね。でも、そろそろ帰りたいわ……」

「何を言っているの。まだ舞踏会は始まってもいないでしょう」

レイチェルは呆《あき》れたようにミレイユを見やる。

「それにあなた、また縁談を断られたのでしょう？　ちょうどよい機会だし、今宵、次のお相手を見繕ったら？」

「そんな簡単に言わないでよ。確かにいつもより人が多い気はするけれど……」

ミレイユは大広間をぐるりと見回す。会場に入ったときから思っていたが、今夜は国外から招かれたと思《おぼ》しき賓客の姿が目立つ。

「今日は、何か特別なことでもあるの？」

「……あなた、そんなことも知らないで来たの？」

レイチェルは驚きも露わにミレイユを見つめる。

「それよりも、ちょうどいいわ。レイチェルに聞きたいことがあったのよ。この前、香油を渡したでしょう？　使ってくれた？」

「ええ、悪くない使い心地だったわよ。もちろん、ジシャン産の高級品には劣《おと》るけれど」

「ふむふむ……。具体的にはどのあたりが違うと思う？」

「そうねえ。ジシャン産のものは香りが複雑で、神秘的な印象があるわ。香りの強さはあまり変わらなかった印象よ」

「そうなのね、参考になるわ。また調合を見直さなきゃ……」

レイチェルに渡した香油は、ミレイユ自身が手ずから調合したものだ。

ミレイユの趣味は植物を育てるだけに留まらない。植物が人の役に立つよう、さまざまなかたちに加工することにも、熱心に取り組んでいた。

香油に限らず、肌に良い薬草を調合した化粧水や、美容に効果のあるハーブティーなど。自分で試して問題がないことを確認した後、レイチェルを初めとした、ごく一部の親しい友人に試してもらっている。

(帰ったら、まず素材の調合量を見直して……)

ひととおり考えた後、ミレイユは笑顔でレイチェルに向き直った。

「……うん、あともう少しで商品化できそうかも。いつもありがとう、レイチェル」

「お役に立てたのなら何よりよ。それで、件の商売というのは順調なのかしら?」

「まあ、それなりにね」

ミレイユが手ずから作った加工品は、自分や友人が使うだけではなく、王都の雑貨屋に商品として置いてもらっている。

一人で作っているため、商売としての規模はごく小さなものだ。しかし、売れ行きはなかなかに好調で、雑貨屋の主人からは、工房として店の一角を貸してもいいとまで言われていた。

「売り物になりそうだと言ったのは私だけれど……。まさか、本当に売り始めるとは思わなかったわ。自分で商《あきな》いをする伯爵令嬢なんて、前代未聞よ。まあ、そういうところもあなたらしいけれど」

「そんなことを言ってくれるのはレイチェルくらいよ。お父様なんて、私のやることなすこと全部、お気に召さないようだから」

とはいえ、商売をする許可をもらえただけでも、ありがたく思うべきだろう。おかげでミレイユは、委託先の店に足を運んだり、新しい商品を考えたりと、社交界のつまらない催しよりもずっと楽しい時間を過ごせている。

「私、このまま結婚できなかったら、王国一の実業家を目指すわ」

「あら、素敵《すてき》。実業家、兼、女伯爵というわけね」

レイチェルは扇で口元を隠し、優雅な微笑を浮かべた。

「あなたの性格を思うと、無理に結婚を勧める気はないけれど……。案外、あなた自身を気に入ってくれる殿方は、すぐ近くにいるのではなくて？」

「ノーマルドの鈴蘭、森の魔女令嬢を？」

「ええ、もちろん」

と、そのとき。大広間の入り口が、にわかに騒がしくなった。

「あら、本日の主役のご登場ね」

レイチェルがどこか思わせぶりに目を細める。

「主役?」

「ああ、そういえばあなたは知らないで来たのだったわね。今日は世継ぎの君、シャルル殿下が帰国されたので、その顔見せを兼ねた舞踏会なのよ」

「……なんですって?」

ぴしり。ミレイユの体が、まるで岩のように固まった。

ミレイユが暮らすレンディアス王国のシャルル王太子は、見識を広めるため、近隣諸国へ遊学に出ていた。

それはいい。ミレイユは森に覆われた田舎を治める伯爵令嬢で、王太子とは臣下以上の面識はないからだ。

問題は——王太子が遊学の際に護衛として同行させた近衛騎士の中に、ミレイユにとって、もっとも顔を合わせたくない人間がいる、ということ。

「見て、近衛騎士の皆様もご一緒よ」

「あれはヴァンテイン侯爵家のエドゥアール様だわ!　なんてお美しい……」

(ああ、やっぱり……!)

人垣の向こうに見えたものは、煌めく銀の髪が印象的な美丈夫の姿。すらりと伸びた長身に、近衛騎士の象徴である白銀の制服を身にまとっている。

最後に会ったのは二年前だっただろうか。年月は、彼の端整な顔立ちを、ますます凛々《りり》しいものへと変えたようだ。

――だが、その額に微かな傷跡があることを、ミレイユは知っている。

ヴァンテイン侯爵家のエドゥアール。

近衛騎士として王太子に同行していた彼は、ミレイユの幼馴染《おさななじ》みであり――そして、因縁《いんねん》の相手でもあった。

＊＊＊

翌日。ミレイユは街の雑貨屋の棚を眺めながら、盛大なため息をついていた。

「さよなら、私の平穏な日々……」

「何かあったんですか、ミレイユ様。浮かない顔をしてるみたいですけど」

雑貨屋の女店主が、不思議そうにミレイユを見つめる。

「ちょっとね……。それよりも、先月の売り上げについて教えていただいていいかしら」

ここはミレイユが作った商品を委託している店だ。昔からノーマルド伯爵家、特に亡き母と女店主が懇意にしており、父も「ここならば」と渋々ながらも許可を出してくれた。

「先月は薔薇の軟膏と、ハーブティーがよく売れていましたよ。中でも、安眠効果のあるものは、抜群に効くと評判で……」

「まあ、嬉しい！　なら、次は多めに作ってくることにしましょうか」

「ええ、ぜひともお願いします」

（そうよ。あんな奴に構っている暇はないわ。今は商品を売って、売って、売りまくることだけを考えるのよ！）

女店主と顔を突き合わせて帳簿を眺めながら、ミレイユは脳裏によぎる幼馴染みの姿を振り払う。

そのとき、ドアベルの音と共に入り口の扉が開いた。

現れたのは、立派な髭《ひげ》を蓄えた黒髪の男性だった。年の頃は四十過ぎほど、金の装飾品をあちこちに身に着け、どことなく羽振りの良い服装をしている。

「おや、ミレイユ様。こちらにいらしていたとは、奇遇ですね」

店内にミレイユの姿を見つけると、男性は親しげな笑みを浮かべ、うやうやしく一礼した。

「ジャスパーさん、こんにちは」

ミレイユも軽く頭を下げ、礼を返す。

「お会いできて光栄です。実は、今日はミレイユ様の作られた安眠用のハーブティーを買いに来たのですよ。あれは実によく効きます。手放せなくなりそうですよ」

「まあ、お褒めいただきありがとうございます」

ジャスパーは、王国内外で手広く行商をする商人だそうだ。ミレイユの作る商品の愛用者で、時折、こうして店で顔を合わせる機会があった。

「私のところでも、ミレイユ様の作られた品物を扱わせていただきたいものです。よろしければ、今度ゆっくりお話でも……」

「まあ、嬉しい。ですが、今はまだそういったお話は早いかと思いますの。いずれ、機会をいただければ幸いですわ」

ミレイユ一人で作っているうちは、こうして雑貨屋に置いてもらうくらいが身の丈にあっている。国内外に見識が深いジャスパーの審美眼に適《かな》うほどのものが作れているとも思えない。

「おや、振られてしまいましたか。ですが、私はあきらめませんよ」

ジャスパーはハーブティーを買うと、丁寧な挨拶を残して店を出ていった。

ミレイユは笑顔と共にそれを見送る。

好きなことをして、それが認められるというのはとても心地がよい。出たくもない社交界で、面識のない男性に容姿を褒めそやされることよりも、ずっと胸が熱くなるのを感じる。

（結婚なんかできなくてもいい。私、今がすごく楽しいもの）

「ミレイユ様、お喜びになるのは結構ですが……そう簡単に、他人を信用してはいけませんよ。この先、ご商売を続けていかれるというのならなおさらです」

ジャスパーの姿が見えなくなったことを確かめ、女店主は慎重な声音で話す。

「商人の中には、人を騙して食いぶちにしている奴もたくさんいますからね」

「でも、ジャスパーさんはそういう人には見えないけれど……」

「それが甘いというんです。一見、人当たりが良くても、裏で悪いことをやってる人間なんてのはごまんといます。もし、あの男と取り引きしたいというのであれば、裏の裏まで調べてからですからね」

「ええ、気を付けるわ」

ミレイユは神妙に頷《うなず》いてみせる。

と、不意に入り口の扉が勢いよく開いた。店内に、ドアベルの鐘がけたたましく鳴り響く。

「ミレイユお嬢様！　よかった、こちらにいらっしゃいましたか！」

慌てた様子で店内に飛び込んできたのは、伯爵家の使用人だった。

「すぐに屋敷にお戻りください！　先ほど、旦那様がお倒れに……！」

「なんですって⁉」

ミレイユは挨拶もそこそこに店を出ると、辻馬車を拾って屋敷へと向かった。

その車中で、使用人から詳しい経緯《いきさつ》を聞く。

なんでも、ノーマルド伯爵はここのところ、ひどく何事かに悩んでいた様子だったという。医師の見立てによれば、その心労で体を弱らせてしまったのではないかというが――。

「それでは、お父様が何についてお悩みなのか、誰も知らないというのね？」

使用人の話によれば、父にもっとも近いであろう執事すら、悩みの具体的な内容を知らないということだった。

「お父様！」

屋敷に戻ったミレイユは、父が休む寝室へと向かった。

だが、そこで見たものは。

「……どうして、あなたがここにいるのよ⁉」

寝室の扉を開けたすぐそこに、一人の青年が立っている。

後ろへ流された銀糸の髪、濃灰色をした、切れ長の瞳。まるで大理石の彫像のように端麗な、白皙《はくせき》の美貌。

そして、額に残る微かな傷跡。

「やあ、ミレイユ。相変わらずの騒々しさだね」

ヴァンテイン侯爵家のエドゥアール——一番会いたくないと思っていた幼馴染み。

駆けつけたミレイユへ振り向き、彼はどこか皮肉な微笑を浮かべた。

＊＊＊

「二年ぶりの帰国だったので、ノーマルド伯爵閣下にご挨拶に伺ったんだ。そうしたら、話の最中に、急に倒れてしまわれてね」

父の寝室に繋がる扉の前で、ミレイユは幼馴染みと対峙していた。

「それで、急いで医師を呼んだというわけさ。安心して、今はお休みになっているよ」

「そう、ありがとう。あとは私が引き受けるから、あなたは帰っていただいて大丈夫よ」

ミレイユは彼と目を合わせないようにしながら、扉のノブに手をかける。

そこに、扉を開けることを留めるかのように、エドゥアールの大きな手が重ねられた。

「ミレイユ、君のお父上がなぜ倒れてしまわれたのか、わかるかい？」

「……何が言いたいの？」

「噂は耳にしているよ。また縁談が破談になったんだって？」

「私のせい、って言いたいわけ？」

エドゥアールは返事の代わりに、喉の奥で忍び笑いを漏《も》らす。

ああ、なんて嫌な男なんだろう。この幼馴染みとは、顔を合わせるたびにこれだ。

（だから会いたくなかったのよ……！）

初めて会ったときは、なんて綺麗な男の子だろうと思ったのに。仲良くなれると思ったのに。二人で日暮れまで楽しく遊んでいたはずなのに――。

たったひとつの過ちが、二人の関係を歪《ゆが》めてしまった。

「今日は、もうひとつ報告があるんだ」

エドゥアールはミレイユの手に触れたまま、柔らかな、それでいて何を考えているのかわからない声音で話しかける。

「実は、シャルル殿下の近衛騎士を辞して、爵位を継ぐことになった」

「……おじさまの具合、そんなにお悪いの？」

エドゥアールの父、ヴァンテイン侯爵は数年前から心臓を病《や》んでいる。

ミレイユはおそるおそる顔を上げた。目が合うと、エドゥアールは少し困ったように肩を竦《すく》める。

「普通に生活する分には問題ないけれど、あまり長く出歩けなくてね。王都と領地の行き来もそろそろ厳しそうだ」

「そうなのね……」

ミレイユとエドゥアールの母が友人同士だったことから、ノーマルド伯爵家とヴァンテイン侯爵家は家ぐるみで親しく交流している。ミレイユの母が病で亡くなった後も、社交界で顔を合わせるたびに気安く話す間柄だ。

ヴァンテイン侯爵も、その奥方であるルイーズ夫人も、優しい人だ。ミレイユの不注意からエドゥアールに怪我をさせたにもかかわらず、寛大な心でそれを許してくれた。

「それで、君に提案があるんだ」

「……提案？」

嫌な予感がする。ミレイユのそんな気持ちを感じ取ったのか、エドゥアールはどこか愉快そうに口の端を上げた。

「僕と結婚しよう」

「…………は？」

しばらく何を言われたかわからなかった。ミレイユは呆然《ぼうぜん》と幼馴染みを見つめる。

「結婚って……その、あの結婚？」

「そう、結婚。神の前で二人の愛を誓い合うんだ」

満面の笑みを浮かべ、エドゥアールはそう口にした。

「じょ、冗談じゃないわ！」

「ミレイユ、静かに。ノーマルド伯爵はまだ眠っておいでだ」

ミレイユははっと手で口元を押さえた。もっとも、声を荒らげる原因は他でもない、目の前の幼馴染みなのだが。

「どうして私が、あなたと結婚しなきゃいけないのよ」

あまりにも話が飛躍している。ミレイユは幾分か声を潜《ひそ》めつつ、傍《かたわ》らに立つエドゥアールを見上げた。

「それはもちろん、君と僕の未来を明るいものにするためだよ。ノーマルド伯爵は、君が結婚しないこと……いや、できないことに、大層心を痛めておられる様子じゃないか。それこそ、こんな風に倒れるほどにね」

「うるさいわね。放っておいてちょうだい」

ミレイユはむっとした表情を隠しもせずに、エドゥアールを睨《にら》みつける。

「それに、爵位を継ぐにあたって、僕も身を固めようと思っていてね。利害の一致、というやつだよ」

「そんな理由なら、私でなくてもいいでしょう。あなたなら、相手なんていくらだって選べるじゃない」

美しく整った顔立ち、次期侯爵という地位、加えて王太子の近衛騎士という経歴。どれをとっても引く手数多《あまた》だ。少なくとも、ミレイユのように一方的に縁談を断られ続けるということは、絶対にないだろう。

「顔や地位目当てで寄ってくる相手を、今から一人ずつ精査しろって？　面倒にも程《ほど》がある話だね。いつ終わるかわかったものじゃない」

「……まあ、気持ちはわからなくもないけど」

何しろ、エドゥアールの美しさは昔から折り紙つきだ。周囲は彼を褒めそやし、そうでなければ妬《ねた》み、憎む。

彼に婚約者を奪われたと主張する男性を、ミレイユは何人も目にしてきた。

しかし、そのどれもが根拠のない言いがかりに過ぎない。つまり、女性の方が一方的にエドゥアールを好いてしまい、目が合っただの話が弾んだだのと、思い込みだけで突っ走っていたものばかりだ。

「だからって、私を利用しないでちょうだい！」

「利用だなんて、人聞きが悪いな。君と僕は子どもの頃からの付き合いじゃないか。哀《あわ》れな友人同士が手を取り合い、助け合う。そしていつしか、二人の間には確かな愛が生まれるというわけさ。なんとも美しい話だと思わないかい？」

「あなたねぇ……」

なんて自分勝手な言い草なのだろう。聞いていて頭がくらくらしてきた。

「言いたいことは、よーくわかったわ。でも、いくらなんでも性急すぎると思うの。こういうことには、それなりに手順というものがあるでしょう？」

「家同士で話をしたり、お互いに手紙のやり取りをしたりって？」

「そうよ！　私たち、もう子どもじゃないんだもの」

貴族にとって、お互いの気持ちよりも家柄の存続を重視した政略結婚は、当たり前の話だ。だが、それにしてもやり方というものがある。少なくとも、こんな風に口頭で進めていいはずがない。

「僕と君との関係に、今さらそんなものが必要だとは思えないけどね」

「何を言っているの。これは、お互いの一生を左右する決断よ。慎重に進めるに越したことはないでしょう？」

見惚《みと》れんばかりの笑顔で圧をかけてくるエドゥアールに、ミレイユも笑顔で返す。なんとしても、ここで引くわけにはいかない。

「それに、あなたの家と同じように、我が家にも跡取りは必要なのよ。私がいないと……」

「そんなの、君が子どもを二人産めば万事解決だろう？」

「子ども⁉」

目を白黒させるミレイユを眺め、エドゥアールは喉の奥でくつくつと笑った。

「相変わらず、そういうところは初心《うぶ》なんだね。まるで社交界に出始めたばかりの少女みたいな反応だ」

「う、うるさいわね！」

ミレイユはかあっと頬を赤らめる。

「気を悪くしないでよ。これでも褒めてるんだ。それに、僕は寛容な夫になると思うよ。聞けば最近、君は何やら商売をしているらしいじゃないか？」

「……ええ、それが何か？」

ミレイユはこほん、と咳払いひとつして、平静さを装う。

（知っていたのね……）

エドゥアールが遊学に同行している間に始めたことなので、彼の耳には入っていないのではないかと一抹《いちまつ》の希望を抱いていたのだが。やはり、社交界の噂は侮れない。

「普通の貴族の夫なら、良い顔をしないだろうが、僕は違う。侯爵夫人としての責務さえ果たしてくれれば、自由にしてくれて構わないよ。君の度を越した植物好きにも、理解を示そうというわけさ」

「ちょっと、一言多いわよ」

ミレイユは不機嫌そうに、エドゥアールを睨みつける。

「これは失敬」

エドゥアールは肩を竦めると、額にかかった髪をおもむろにかき上げてみせた。

「それに、君には責任がある。……忘れたわけじゃないよね？」

「……っ！」

ミレイユの視線の先、彼の額には、微かに肉が盛り上がるような傷跡が残っていた。

それは十三年前、初めて出会ったときのことだ。

森で転んだミレイユを支えようとして、一緒に転倒したエドゥアールが、額に傷を負ってしまった。

幸い、エドゥアールの傷はそこまで深くなかったのだが――。

探しに来た大人たちによって屋敷に連れ帰られた後、額に傷が残るだろうと聞かされたエドゥアールは、見惚れるほどの美しい笑顔を浮かべ、ミレイユにこう告げた。

――ねえ、ミレイユ。君、なんでもするって言ったよね？　なら、今日から……。

「僕の言うことには逆らわない。違うかい？」

「……ええ、そうね。そのとおりよ」

ミレイユは自らの敗北を悟り、がっくりと肩を落とした。

あの因縁の日から、十三年。エドゥアールは事あるごとに額の傷を持ち出し、ミレイユを脅《おど》す、厄介な相手と化していた。

最初のうちは良かった。外に遊びに行くよりも一緒に本を読もうだとか、勉強をしようだとか、他愛のない子ども同士のやり取りで済んでいたのだから。

だが、二人とも成長した今となっては、その要求はエスカレートするばかり。

興味のないサロンに誘われたから付き合ってくれ、くらいなら、まだいい。

エドゥアールを巡り、女性同士の、極めて一方的で自分勝手な痴情《ちじょう》のもつれが多発していたときなどは、舞踏会のパートナーとして頻繁に行動を共にしていたことすらあった。

あくまでただの幼馴染みという立場を貫いてはいたのだが、あの頃はエドゥアール狙いの女性に睨まれたり、陰口を言われたりと大変だった。

もっとも、ミレイユの方も、それくらいでへこたれるような性格ではない。「直接言ったらどう？」と真正面から口にして、陰口を言った相手を泣かせたこともある。

「まあ、そういうわけで君が一番適任なんだよ。元気すぎるのは考え物だけど、ね」

（……一言多いわよ）

こういった嫌味を忘れないところも、幼馴染みに対する苦手感を増長させている一因だ。

「そうと決まれば、さっそく行こうか」

「行こうって、どこへ……きゃっ」

エドゥアールは触れたままだったミレイユの手を掴《つか》み、強引に自分の方へ引き寄せた。

「もちろん、侯爵家の屋敷へ。続きは、そこでゆっくりと話そう」

「嫌よ、離して！」

じたばたともがくが、エドゥアールの逞《たくま》しい腕はびくともしない。

二年前、シャルル王太子の遊学に近衛騎士として付き添うことになったと聞いたときは、これで平和が訪れると喜んだものだが。

（平穏って、儚《はかな》いものね……）

必死の抵抗もむなしく、ミレイユは屋敷の外に停まる馬車へ連行されたのだった。

＊　＊　＊

（どうしてこうなるのかしら……）

馬車の窓から見える王都の景色を眺めながら、ミレイユはため息をついた。

柔らかな日差しに照らされた午後の街並みには、穏やかさが満ち溢れている。ミレイユの胸中とはまるで正反対だ。

「無事に結婚が決まったんだ、もっと喜んだらどうだい？」

「そうね。相手があなたでなければもっと喜べたんだけど」

何度となく縁談を繰り返したくらいだ、ミレイユにだって、誰かと結婚しようかという気持ちだけはあった。伯爵家の唯一の後継者として、それなりに責任感も抱いていた。

にもかかわらず、どうしてこんなに反発を覚えているかといえば、何もかもが、エドゥアールの言いなりで進んでいるからだ。

「相変わらずつれないね。長い付き合いじゃないか」

隣に座るエドゥアールは妙にご機嫌だった。ミレイユが嫌がっている姿を見るのがそんなに楽しいのだろうか。

（いっそ馬車から飛び降りて逃げちゃおうかしら……）

物騒なことを考えてみるも、ミレイユは、自分にそれができないこともわかっていた。

――なんでもする、なんて、しょせんは子どもの約束。本当は、成長した今でも律儀に守る必要はないのかもしれない。

でも、幼馴染みの額に残る傷跡を見ると、そんな気持ちは吹き飛んでしまう。

（だって、エドゥアールは綺麗だもの……顔は、顔だけは、とても綺麗だもの）

彼と初めて会ったときから、その気持ちだけは変わらない。

煌めくような銀糸の髪、切れ長の濃灰色の瞳。すっと通った高い鼻梁に、薄い唇――神様が手ずから作り上げたのではないかと思うような美貌が、そこには存在している。どれだけ見ても見飽《みあ》きないくらいだ。

なのに、ミレイユが傷をつけてしまった。

成長と共に薄くなっていったとはいえ、傷跡は未だ、彼の額に残っている。

そのことを思うと、どうしても彼の言葉には逆らえなかった。

ちらり、横目で窺うと、エドゥアールは「ん？」とミレイユに微笑みかけてくる。思わず見惚れてしまうほどに美しく。

（駄目よミレイユ、絶対に、この顔にほだされてはいけないわ）

ミレイユは必死で自分にそう言い聞かせる。

このまま押し切られるようにエドゥアールと結婚するとなれば、文字どおり、一生を彼と共にすることになる。彼には今までだって散々に手を焼いてきたのに、これからもずっと振り回されるのは耐えられない。

何より、一人でコツコツと取り組んできた商売も、ようやく軌道に乗ってきたところなのだ。なんとしても、これまでの生活をあきらめてなるものか。

（……そうよ。おじさまなら）

他でもないヴァンテイン侯爵なら、息子であるエドゥアールの暴挙を止められるのではないだろうか。

ヴァンテイン侯爵家は、王都でも屈指の名門。対するミレイユは、伯爵令嬢といっても、辺境の領地でのんびり暮らしているだけの田舎者だ。

爵位こそ釣り合っているものの、実態は何ひとつ結婚に見合うような条件を持ち合わせていない。友人としてならともかく、結婚相手としては難色を示すはず。

加えて、ルイーズ夫人もいる。彼女は優しい性格の人だが、息子の額に傷を作った相手を、結婚相手として認めるとは思えない。

それに、ミレイユの父だって、一言の了承もなく娘を連れ出されたら、さすがに怒るに決まって――。

（……うん、お父様は喜びそうね）

何しろ、娘の縁談が破談になり続けるのを心配して倒れてしまったくらいだ。エドゥアールと結婚するとなれば、泣いて小躍りしそうである。

（とにかく、私は絶対にあきらめない。エドゥアールの好きにさせてたまるもんですか！）

そのとき、微かな揺れと共に馬車が止まった。

「さあ、着いたよ」

エドゥアールは馬車から降りると、ミレイユへ優しく手を差し伸べた。その振る舞いは気品に溢れており、まるで絵物語の中に出てくる貴公子のようだ。

「……一人で降りられるわ」

どきりと弾んだ胸を誤魔化すように、ミレイユはふいと顔を背ける。

「おや、お姫様はつれないいね」

彼の手を避け一人でさっさと馬車から降りると、視界いっぱいに懐かしい景色が広がる。

ヴァンテイン侯爵家の王都の屋敷には子どもの頃から何度も遊びに来ている。昔から、どこもかしこも、ミレイユの家とは比べ物にならないほど壮麗なつくりをしていた。

屋敷の入り口へ続くアプローチには赤い煉瓦《れんが》が敷かれ、両脇には、丁寧に刈り込まれた低木が並んでいる。

「せめて屋敷まではエスコートさせてほしい。未来の夫として格好がつかないだろう？」

「誰が未来の夫よ、誰が」

「もちろん、僕がだよ」

にっこりとエドゥアールが笑う。対するミレイユはため息しか出てこない。

「……あなたと話していると、頭が痛くなってくるわ」

「大変だ。少しでも早く休まないと」

エドゥアールはミレイユの手をさっと取ると、早足で玄関の扉へと向かった。

「お帰りなさいませ、エドゥアール様」

可憐な花の図柄のタペストリーが飾られた、広々とした玄関ホール。そこには、使用人がずらりと並び、エドゥアールの帰りを深々と頭を下げて出迎えた。

そして——その先頭には、杖《つえ》を突いた白髪交じりの男性が立っている。

「やあ、ミレイユ。よく来てくれたね」

「まあ、侯爵閣下!?」

エドゥアールの父親であるヴァンテイン侯爵、その人だった。

まさか屋敷の主人直々の出迎えを受けるとは思わず、ミレイユは慌ててスカートの裾を摘まんで一礼する。

「侯爵閣下におかれましては、ご機嫌麗《うるわ》しく……」

「はは、そうかしこまらずとも良い。子どもの頃のように、おじさまと呼んでくれても構わないのだよ?」

「はい、おじさま」

どこか悪戯《いたずら》っぽく笑った侯爵に、ミレイユもつられたように微笑む。

「父上、先触れでも報告しましたが、僕はミレイユと結婚します。それについて、詳しい話をさせていただきたい」

「ああ、わかっている」

(……わかっている、ですって?)

あまりにも友好的に出迎えられたものだから、てっきり知らないものだと思っていたのだが。結婚云々《うんぬん》という話は、侯爵の耳にもしっかりと届いているらしい。

(昔から、こういうところはそつがないのよね……)

あの慌ただしいやり取りのどこで、屋敷へ先触れを出したのだろう――などと、感心している場合ではない。

「いえ、あの！　私、すぐにお暇《いとま》させていただきますから……！」

「おっと、そうはいかないよ」

エドゥアールは素早く使用人を呼ぶと、ミレイユを応接間へ連れていくように指示を出した。

「……あまり強引なのはどうかと思うぞ。すまないね、ミレイユ。よければ我が家だと思ってくつろいでほしい。後ほど改めて挨拶に伺おう」

「え、いえ、あの……！」

ヴァンテイン侯爵は呆れたように笑うばかりで、息子であるエドゥアールの暴挙を止める様子はない。

「さあさ、お嬢様、こちらへどうぞ」

（なんで⁉　どうしてこうなるのよー！）

胸中の叫《さけ》びもむなしく、ミレイユは両脇をしっかと使用人たちに固められ、なすすべもなく連行されることとなった。

連れていかれた先は、品の良い調度品が置かれた応接間だった。

壁に掛けられた絵画に描かれているのは、鈴なりに咲いた小さな花。大理石の床には毛足の長い絨毯《じゅうたん》が敷かれ、猫足のローテーブルと、絹張りの長椅子《いす》が置かれている。

「何かご用がありましたら、なんなりとお申し付けくださいませ」

ミレイユと扉の間に立つようにしながら、使用人たちは丁寧に一礼する。

「ここから出してほしい……っていうのは、さすがに無理、よね？」

「申し訳ありませんが、エドゥアール様の許可が下りませんと……」

「そうよね、ごめんなさい。無理強いをするつもりはないわ」

ミレイユはあきらめて長椅子に腰を下ろした。自分の屋敷で使っているものとは比べ物にならないほど柔らかな座り心地に、思わずほう、と安堵の息を吐《は》く。

気を抜けるような状況ではないのだが、あまりにも色々なことが起こりすぎている。

使用人はミレイユがおとなしく座ったことを確認すると、紅茶や軽食を運んできてくれた。

甘い香りに、ミレイユのお腹がくぅ、と微かな音を立てる。

そういえば、今日は父とエドゥアールの件でばたばたしていて、昼食を食べ損ねていた。

今になって体が空腹を思い出したようだ。

「どうぞ、ごゆっくり」

「ええ、ありがとう」

使用人の目がある以上、ここから逃げ出すことは不可能だ。

となれば、今はこれ以上じたばたしても仕方がない。ミレイユは休憩と割り切り、思いっきり目の前のお茶を楽しむことにした。

テーブルの上に置かれた三段のスタンドトレイは、サンドイッチや焼き菓子、ケーキにカットされた果物と盛りだくさんだ。

（……はぁ。美味しいのがまたちょっと腹立たしいのよね……）

ハート形に焼かれたパルミエは、最近王都で話題の店のものではないだろうか。さくさくとしたパイ生地の食感と上質な砂糖の甘さが、疲れきった体に心地よく染みていく。もちろん、紅茶も最上級品だ。

(こうなったら、思う存分食べちゃいましょう)

開き直ったミレイユがしばし軽食を楽しんでいると、おもむろに扉が開いた。

「お待たせ、ミレイユ。……ああ、思ったとおり、楽しんでくれているようだね」

「エドゥアール……！」

マフィンを頬張ろうとしていたミレイユは、慌ててそれを皿に戻す。

「あれ、食べないの？」

「今はそれどころじゃないでしょう！」

「でも、美味しかっただろう？　なんでも、ミレイユが来ると聞いた母上が、大急ぎで買いに行かせたものらしいから」

「おばさまが……？」

つまり、ルイーズ夫人にも既《すで》に話が届いているのだろうか？

そんなミレイユの疑問は、次の瞬間に氷解することとなった。

「まあまあまあ、ミレイユ！　まさか、あなたがエドゥアールのお嫁さんになってくれるだなんて……！」

　エドゥアールに続けて室内に姿を現したのは、ルイーズ夫人その人だった。

　その表情は喜色満面、とてもではないが息子の結婚に反対している様子は見られない。

「ルイーズ、落ち着きなさい。先方への正式な申し込みはこれからだよ」

　最後に入室した侯爵は、穏やかな笑みを浮かべて夫人を窘《たしな》めた。

「まあ、ごめんなさい。あまりにも嬉しくて、つい……」

（……先方への、正式な申し込み？）

　それはつまり――ヴァンテイン侯爵夫妻のどちらもが、エドゥアールの突拍子《とっぴょうし》もない話に正式な許可を出した、ということか？

「ミレイユ、あなたのように可愛らしい娘ができて、本当に嬉しく思っているのよ。これからはわたくしのことを本当の母だと思ってちょうだいね」

「いえ、あの……」

　きらきらと輝く瞳で見つめられると、ミレイユは言葉に詰まる。

　何しろ、ルイーズ夫人はミレイユの母の親友だ。母が亡くなった後も、ミレイユのことを何かと気にかけてくれていた。

　そんな恩人の期待を真正面から裏切るような真似《まね》は、ミレイユにはできない。

エドゥアールもそれがわかっているのだろう。夫人の後ろで、ミレイユを見てにやりと笑っていた。

(ひ、卑怯者ー!)

もはや、完全に彼の手のひらで転がされている。

だが、ここで屈するわけにはいかない。

「失礼ですが……エドゥアールには、私よりも、もっとふさわしい相手がいるのではありませんか?」

ミレイユはことさら神妙な表情を浮かべると、侯爵夫妻へそう訴えかけた。

「私は不注意から、彼の額に傷をつけてしまいました。そんな女が侯爵家に入るなんて、おじさま方もよい気持ちはしないでしょう……?」

「まあ! あなたったら、まだそんなことを気にしていたの?」

「こういうのは当人同士の気持ちの方が重要だよ。それに、君のことは幼い頃から知っている。息子の傷も、君を助けようとした、名誉の負傷だと思っているさ」

「おじさま、おばさま……」

それほどまでに信頼してもらっているなんて。ミレイユは侯爵夫妻の想いに胸が熱くなるのを感じる。

だが、これでは本当に、二人の結婚を止める者が一人もいなくなってしまう。

「父上、母上。そろそろよろしいですか。ミレイユも色々あって疲れています。せめて夕食までは寝室で休ませてあげたいのです」

どの口が言うのよ、と言いたいのはやまやまだったが、エドゥアールは前髪に手をやり、いつでも額の傷を強調できる構えだ。

「そういうわけで、ミレイユ。君には明日から、この屋敷で侯爵家の妻となるための花嫁教育を受けてもらうよ」

「……わかりました」

今はおとなしく引き下がるしかない。ミレイユが頷くと、エドゥアールは満足そうに微笑した。

「では、改めて屋敷を案内しよう。君の部屋も用意させてあるから」

「ミレイユ。これからどうぞよろしくね」

「ノーマルド伯爵には、正式に話をさせていただく。君は何も心配しなくていい」

侯爵夫妻はそう告げて席を立った。

「はい。私もお二人の期待に応えられるよう、精一杯努めさせていただきますわ」

ミレイユはしずしずと侯爵夫妻に一礼したが、その姿が見えなくなると同時に、キッとエドゥアールを睨みつけた。

「ねえ、当人同士の気持ちってどういうこと？　あなた、随分と都合よくおじさまたちに話しているみたいね？」

「まあ、多少はね。でも、そんなこと、君と僕の間では些《さ》細《さい》な問題じゃないか」

「どこが些細なのよ、どこが」

ミレイユがどれだけ言い返しても、エドゥアールは悠々と微笑むばかり。

いつもながら、その余裕が腹立たしい。

「……絶対に、あなたの思いどおりにはさせないから」

「君の、そういう気の強いところが、僕は大好きだよ」

エドゥアールはおもむろにミレイユの手を取ると、その甲にそっと口づけた。

――まるで、望むところだとでも言うように。

＊　＊　＊

エドゥアールの案内で、ミレイユは屋敷の中を見て回った。

「どこに何があるかは、だいたいわかっていると思うけど、一応ね」

　エドゥアールはそう前置きする。子どもの頃は、二人で屋敷内を探検する遊びをしていた。廊下を駆け回り、執事やヴァンテイン侯爵に怒られたこともある。主にミレイユが、だが。

（改めて見ても、本当に広いお屋敷ね）

　調度品の質もミレイユの住むノーマルド伯爵邸とは段違いに良い。さすがは名門侯爵家といったところか。

「君に不自由はさせないから、安心して暮らすといい」

「安心、ね……」

　今の自分にはもっとも遠い言葉だ。

　浮かない顔をするミレイユとは対照的に、エドゥアールはにこやかな様子を崩そうとはしなかった。

　もっとも、内心では何を考えているのか、わかったものではない。初めて会ったときから、彼は笑顔で本心を覆い隠すのが巧みなのだから。

　ひととおりの案内を終えると、エドゥアールは屋敷の中でも奥まった場所にある扉へと向かった。

（あら？　確か、ここは昔、空き部屋になっていたような）

「ここが最後に案内する部屋、僕たちの寝室だよ」

「……ええと。聞き間違いかしら」

今、とんでもないことを言われた気がするのだが。

「だから、僕たちの寝室」

「どうして私とあなたが同じ部屋なのよ⁉」

「そりゃあ、夫婦になるんだからね」

あっさりとそう言い放つエドゥアールに、ミレイユは頭がくらくらした。

いくらなんでも、話が性急に進みすぎているのではないだろうか？

「私、帰らせてもらうわ」

背を向けようとしたミレイユの肩を、エドゥアールががっしりと掴む。

「ちょっと、離してよ！」

「はは、君も往生際《おうじょうぎわ》が悪いな」

エドゥアールはミレイユの手を取ると、自分の額へと導いた。

指先が微かに盛り上がった皮膚に触れ、ミレイユはびくりと身を竦ませる。

「僕に傷を残した責任、取ってくれるよね？」

「っ……」

ミレイユが言い淀んだ瞬間、エドゥアールはさっと彼女を抱き上げ、寝室への扉を開いた。

「エドゥアール⁉」

「君の気の強さは長所だと思うけど……言いくるめるのにも、いい加減疲れてきた」

「離して！」

エドゥアールはミレイユの抵抗を事もなげにあしらうと、彼女の体を寝台に下ろした。

「君も疲れただろう？　夕食まで、ここで一緒にのんびり休むとしようじゃないか」

エドゥアールはそう言うと、ミレイユのそばに腰を下ろす。

「結構よ。休むのなら、お一人でどうぞ」

慌てて体を起こすと、ミレイユはふい、と彼から顔を背けた。

だが、エドゥアールはその頤《おとがい》に指をかけ、そっと持ち上げる。

「本当に可愛いね、君は。まだ何もあきらめてないって、その目が言ってる。……でも」

「んっ……」

エドゥアールの顔がゆっくりと近付き——唇が、重なった。

すぐには離れない。エドゥアールの唇は食《は》むようにミレイユのそれを愛撫する。まるで、ミレイユが抵抗するのを楽しんでいるかのようだ。

「絶対に離さない。……これは、その誓いのキスだ」

わずかに離れてそう呟いたかと思えば、エドゥアールは再び、ミレイユの唇を塞《ふさ》いで。

「やめ、っ……ふ、っ……！」

やめて、と言おうとした瞬間、濡《ぬ》れたものがミレイユの唇の隙間から滑り込んだ。

それがエドゥアールの舌だと気付くのに、そう時間はかからない。

戸惑うミレイユには構わず、固く閉じた歯列をじっくりとなぞっていく。

「ふぁ、は……っ」

くすぐったさに耐えきれず、噛《か》み合わせていた歯に隙間が空いた。刹那《せつな》、エドゥアールの舌はするりと奥へ忍び込み、縮こまっていたミレイユの舌を絡め取る。

舌を丁寧に擦り合わせ、ちゅっと軽く吸われると、背筋に未知の痺れが走った。

熱い。エドゥアールの舌が、唇が、頬を撫《な》でる大きな手が、熱くてたまらない。

ミレイユの細い腰を少し強引に引き寄せ、エドゥアールはキスを続けた。

こういうことに不慣れなミレイユは、いつ息継ぎをすればいいのかもわからない。

抵抗するのなら、舌を噛み千切ってしまえばいい。脳裏をよぎった考えを、ミレイユが実行することはなかった。

またエドゥアールを傷つけるのは嫌だったし――何よりも、体に力が入らないのだ。

（どうして、私……）

体がぞくぞくと震えている。

でも、寒いのではない。どこか甘く、心地よい。

その感覚は、ミレイユにとってはまったく未知のものだった。

息苦しさと心地よさ、そのどちらが原因なのか。頭の中がぼんやりと霞《かす》んでいく。もう、何も考えられない。

知らない。こんな口づけ。こんな感覚、感情――。

やがて、エドゥアールはミレイユを散々翻弄《ほんろう》した後、名残惜しそうに離れて。

その頃にはもう、ミレイユはぐったりと彼にもたれかかることしかできなかった。

「ふふ、頬が真っ赤だね。可愛い。……今はゆっくりおやすみ、ミレイユ」

耳元で囁《ささや》かれた言葉は、なぜだろう、ひどく甘い気がして。

すっかり翻弄されきったミレイユは、そのまま意識を手放したのだった。

二章

エドゥアールにより、無理やりヴァンテイン侯爵家に連れて来られた、翌日──。

「……やっぱりね」

ミレイユは盛大なため息をつき、居間の長椅子《いす》に腰を下ろした。

その手に握られていたのは、一通の手紙。差出人は他でもない、ミレイユの父であるノーマルド伯爵その人からだ。

内容は、端的に言えば「エドゥアールにすべて従うように」。

駄目押しとばかりに「婚約おめでとう」と締めくくられていた手紙をもう一度読み返し、ミレイユは思わず遠い目になってしまった。

（お父様、今頃は倒れたことも忘れて大喜びでしょうね）

手紙の筆跡が明らかに浮き足立っている。今頃、屋敷で大はしゃぎしていそうだ。

（だけど、これで私の味方が誰もいないということがはっきりしたわ）

ミレイユだって、父が喜んでくれるのは嬉《うれ》しい。何しろ唯一の肉親だ。

だが、何もかもエドゥアールの思惑どおりというのが気に入らない。

不満そうに便せんを封筒にしまっていると、ミレイユのいる居間へ足音が近付いてくるのが聞こえた。

「おはよう、ミレイユ。ここにいたんだね」

「エドゥアール……」

ミレイユはさっと立ち上がると、警戒心を隠そうともせず幼馴染《おさなな じ》みへと身構えた。

エドゥアールと顔を合わせるのは、今日はこれが初めてだ。

昨日は気を失うように眠ってしまい、今朝、ミレイユが起きたときには、彼は既《すで》に王宮に出仕してしまっていた。

「随分と早いお帰りね。近衛騎士の仕事はもう終わったの？」

ミレイユは先ほど朝食を済ませ、身支度を整えたばかりだ。慣れない家での生活に色々と手間取ったとはいえ、まだ昼にもなっていない。

「ああ、後任への引き継ぎだけだったからね。これで家のことに集中できるよ」

エドゥアールはどこか意味ありげに微笑《ほほえ》んでみせる。

本日をもって近衛騎士を辞した彼は、同時にヴァンテイン侯爵という地位を得た。

「一か月後に、僕の侯爵就任披露の舞踏会を行う。君との婚約も、その際に発表するから。当日まで、しっかりと励《はげ》むようにね」

（い・や・よ！）

……と口にしたいのはやまやまだったのだが、ミレイユはぐっと堪《こら》えた。エドゥアールは口が達者だ。余計なことを言うと後が怖い。

「そういえば、私、どなたにレッスンを受ければいいの？」

侯爵夫人になるための教育を受けるように、とは言われているが、その具体的な内容や教師については聞いていない。

「あれ、聞いていないのかい？　君の教育は、僕が手ずから行うんだよ」

「……なんですって？」

その話は初耳だ。ミレイユは驚きに目を見開き、エドゥアールの顔を見つめる。

「あなた、今日から正式に爵位を継ぐのでしょう？　私に構っている暇なんてないのではなくて？」

ヴァンテイン侯爵家は、王家の信頼も厚い名門。ミレイユの記憶が確かなら、建国の際に国王に付き添っていた側近が初代だったはずだ。

そのため、領地の規模は、ノーマルド伯爵家とは比べ物にならない。侯爵に就任するとなれば、領地の事情に精通する必要がある。学ぶべきことは膨大だろう。

「そのあたりは心配無用だよ。近衛騎士になる前は、父の名代としてあちこちを訪れていたからね。付きっきりとはいかないけど、君の教師を務める時間くらいは確保できるさ」

エドゥアールは事もなげにそう答えてみせる。

だが、彼が近衛騎士団に入ったのは五年前のことだ。つまり、十八歳になる頃には、既に領主代行を務めるだけの能力を持っていたのだと言える。

(十八歳って……それ、今の私とほぼ変わらない年齢なのだけど……?)

縁談に右往左往してばかりのミレイユとは大違いである。

「まあ、我が家の領官は皆、優秀だからね。おかげで、僕の仕事なんて微々《びび》たるものだ。楽をさせてもらっているよ」

余裕の笑みを浮かべる幼馴染みに、ミレイユは底知れないものを感じた。

「……そうね、あなたはそういう人だったわ」

思い返してみれば、エドゥアールは子どもの頃から群を抜いて利発だった。周囲は彼を神童と褒《ほ》めそやしたものだ。

ミレイユがそれを忘れていたのは、それが当たり前になるほど常に近くにいたから。そして、この二年、遊学に同行していた彼と会う機会がなかったからに他ならない。

「そういうわけだから、さっそく、君のためのレッスンに取り掛かりたいのだけど。準備はいいかい、ミレイユ？」

「……ええ」

ここで渋ってても仕方がない。おとなしく頷《うなず》いたミレイユに、エドゥアールは満足そうに目を細めた。

「では、場所を変えようか」

エドゥアールに促されるまま、ミレイユはレッスンを行うための部屋に向かった。

普段は客室として使われている部屋なのだが、今は長椅子と猫足のローテーブルしか置かれていない。他の家具はすべて運び出されており、室内は広々としていた。

「君がきちんといてくれてよかった。逃げ出しているんじゃないかって、実は心配していたんだ」

（まあ、それは少し考えたけどね……）

逃げたところで連れ戻されるのは目に見えている。それに、エドゥアールに額の傷を持ち出されたら最後、ミレイユは逆らうことなどできないのだ。

だからといって、彼との結婚をこのまま受け入れるつもりはない。

（私にだって、まだ作戦はあるのよ！）

胸の内でそう考えていることなどおくびにも出さず、ミレイユは澄ました顔でエドゥアールを見つめた。

「さて、最初はダンスから始めようか」

「ええ。喜んで」

ミレイユは差し出されたエドゥアールの手を取った。

彼の数える拍子に合わせ、円舞曲《ワルツ》のステップを踏む。

だが、そのテンポはすぐに崩れた。ミレイユがエドゥアールの足を踏んでしまったのだ。

「ああ……！　ごめんなさい、エドゥアール！」

「問題ない。もう一度やってみようか」

そう促され、ミレイユは再びステップを踏み始める。しかし、今度はターンをしようとしたところで彼の足につまずき、盛大に転んでしまった。

「大変だ。怪我はないかい？」

「ええ……」

ミレイユは差し出されたエドゥアールの手を取り、神妙な面持ちで立ち上がった。

「本当にごめんなさい。私、ダンスは苦手で……」

もちろん嘘《うそ》だ。決まりきったステップを踏むのはあまり好きではないが、ミレイユとて貴族の令嬢、最低限のダンスの素養くらいは持ち合わせている。

では、どうしてこんなことを口にしているのかと言えば――。

「きっと、舞踏会ではこんな風に粗相《そそう》ばかりしてしまうわ。やっぱり、あなたの結婚相手としてはふさわしくないのではないかしら……」

――侯爵家の妻として失格だと思われること。

それが、ミレイユの狙いだった。

味方が誰もいないのなら、無理にでも作ってしまえばいい。何しろ、ヴァンテイン侯爵家は名門中の名門だ。不出来な女として振る舞えば、必ず二人の結婚に難色を示す者が出てくるはずだ。

エドゥアールの足をわざと踏むのは良心が痛むが、そもそもミレイユがこんな企みに手を染めているのは、他でもない彼の自分勝手な言い分に振り回されてのことだ。

（たまには、少しくらい痛い目を見ればいいのよ）

なんて、ミレイユは心の中で舌を出す。

「君がダンスを苦手にしているなんて、意外だな。屋敷で静かにしているよりも、森で走り回ってる印象が強いし、体を動かすのは得意だと思ってたんだけど」

（お転婆《てんば》で悪かったわね）

内心カチンときたが、表情はあくまでしおらしく。

「ええ、不出来で申し訳ないわ……」

などと、悲しそうに目を伏せてみせる。

そんなミレイユをどう思ったのか、エドゥアールは肩を竦《すく》めた。

「でも、確かに君の言うとおり、このままでは少々問題があるね」

「なら……」

「そこで、だ」

エドゥアールの声が、不意に弾《はず》む。

——嫌な予感がする。

そう思った瞬間、ミレイユは、頬にエドゥアールの口づけを受けていた。

「え……？」

「これはお仕置きだよ、ミレイユ。僕の足を踏んだことの。それから……」

ミレイユが呆気《あっけ》に取られていると、エドゥアールは彼女の顎を指先で持ち上げ、そして。

「んっ……」

エドゥアールはさっと身を屈《かが》めると、ミレイユの唇を自らのそれで塞《ふさ》いだ。

唇を擦り合わせたかと思えば、ちゅ、ちゅ、と、音を立てて食《は》むような愛撫を繰り返さ

れる。あまりにも突然の展開に、ミレイユは抵抗することも忘れ、ただエドゥアールのなすがままにあしらわれていた。

「……これは、先ほど転んでしまった分」

やがて、唇を離したエドゥアールは、蕩《とろ》けるような笑みを浮かべる。

「な、な、な……」

彼に口づけられたことと、その笑顔の美しさ。ミレイユが頬を真っ赤に染めたのは、果たしてどちらが原因なのか——あるいはどちらも、か。

「やっぱり可愛いね、君は。これくらいの口づけ、昨日たくさん交わしたじゃないか」

「そ、それは……」

ミレイユは頬を押さえた。

昨夜のことは、なるべく考えないようにしていた。

意識してしまったら最後、エドゥアールの顔を見られなくなってしまう気がしたのだ。

(だって……あんなの、初めてだったんだもの)

ミレイユにとって、昨夜のあれは、生まれて初めて交わした男女のキスだ。

物語の中では何度も目にしていたけれど、いざ体験すると、親や友人と交わす親愛のキスとは何もかもが違っていた。

触れたところから互いの熱が伝わって、身も心も甘く震えるような、不思議な感覚。

(私、エドゥアールのことなんて、全然好きじゃないはずなのに)

それなのに、彼に口づけられると、心臓がひどく高鳴った。自分の体なのに、自分のものではなくなったようだ。

「君が失敗するごとに、キスを一回。初心《うぶ》な君へのお仕置きにはぴったりだろう?」

「な、何よ、それ！　ふざけるのもいい加減にして！」

「ふざけてなんかいないさ。これは、教師として当然の要求だよ」

ミレイユの顔を覗《のぞ》き込むと、エドゥアールはどこか意地悪げに目を細めた。

「それが嫌なら、せいぜい頑張ってね。まあ、たくさん失敗するのなら、それはそれで僕にとっては役得だけど」

あんなキスが何度も繰り返されたら、いったい自分はどうなってしまうのか。

ミレイユは頭がくらくらするのを感じた。これでは、絶対に失敗できない。

(どうしてこう頭が回るのよ……！)

エドゥアールは明らかに、わかってやっている。

この幼馴染みはそういう人間だ。今回も、ミレイユの完敗と言わざるを得ない。

「では、レッスンを再開しようか。一緒に頑張ろうね、ミレイユ」

心なしか声を弾ませるエドゥアールを、ミレイユは忌々《いまいま》しげに見つめるのだった。

＊　＊　＊

室内に響き渡るのは、二人分のステップ。

「ワン・ツー・スリー、ワン・ツー・スリー……ほら、また間違えた」

「うぅ……」

少し足を出すのが遅れただけなのに、エドゥアールからは容赦のない指摘が飛んだ。

「はい、目を閉じて」

「わ、わかってるわ……」

ミレイユは、ぎゅっと目を閉じて、そのときを待つ。

閉ざされた視界の中、唇が重なる感触だけがはっきりと感じられた。

エドゥアールの『お仕置き』はこれで何度目だろう。何度口づけられても、ミレイユの心臓はそのたびに子兎《こうさぎ》のように跳ね回り、まったく落ち着く気配がない。

「はい、おしまい」

ミレイユが目を開けると、吐息がかかるほどの距離にエドゥアールの顔があった。それはもう楽しそうに、満面の笑みを浮かべている。

対するミレイユはといえば、頬を微《かす》かに赤らめ、悔しそうに彼を見つめることしかできなかった。

（まったく、そんなに私が嫌がるのが面白いのかしら）

一方的に利用されて、からかわれて、あしらわれる。今やミレイユは、完全に彼のペースに乗せられていた。

どうにかしてこの状況から抜け出したい。ミレイユは必死にその方法を考える。

だが、考えれば考えるほどダンスがおろそかになり、ミスが増え、お仕置きと称したキスをされ――振り出しに戻る。先ほどからずっと、この繰り返しだ。

「それにしても君、本当にダンスが苦手なんだね。全然うまくなる気配がない」

「誰のせいだと思ってるのよ……」

「さあ？　少なくとも僕のせいじゃないとは思うけどね」

エドゥアールは肩を竦め、皮肉げに笑う。

「ただ、僕としては、君の進歩のなさを見逃す気はないよ。というわけで」

エドゥアールはさっとミレイユの耳元に唇を寄せ――。

「……次からは、もっとすごいお仕置きをしてあげるよ」

熱く囁《ささや》かれた言葉に、ミレイユはたまらずエドゥアールから飛び退《の》いた。

「ははっ。そんなに嫌がられると傷つくなあ」

「あ、あなたねぇ……！」

ミレイユは未だ、彼とキスを交わすことに慣れていない。この上、さらに『すごいお仕置き』とやらをされたら、どうなってしまうのだろう？

（というか、すごいってどういうことよ、何がどうして、どんな風にすごいの……⁉）

男女のことに疎《うと》いミレイユには、もはや想像すらできない。

「というわけで、もう一度最初からやってみようか」

エドゥアールはどこか意地悪げに目を細めると、うやうやしく手を差し伸べた。

ミレイユは嫌々ながらも彼の手を取る。この状況では、何をどうしてもここから逃げ出すことは不可能だ。

エドゥアールが数える拍子に合わせ、ミレイユは再び円舞曲を踊り始めた。

慎重にステップを踏む。こんなに集中するのは、精油の調合を行うときくらいだ。ほんの微かな油断も、ただひとつの失敗も許されない。

――そう、わかっていたのに。

ここまでレッスンを続けていたがゆえの疲労が、ミレイユの動きを鈍《にぶ》らせた。

「あっ……」

つま先がエドゥアールの足に引っかかり、ミレイユは姿勢を崩す。倒れそうになったその体を、力強い腕が受け止めた。

「……いけない子だな、ミレイユは」

低い囁きが落ちる。どこか甘い雰囲気《ふんいき》を漂わせたその声に、ミレイユは背筋が震えるのを感じた。

「は、離して……っ！」

ミレイユは反射的にエドゥアールから離れようとした。が、彼の腕はミレイユの体を抱きしめたままびくともしない。その力の強さに、身が竦む。

「駄目だよ。ミスはミス。だから……お仕置きの時間だ」

「待って、エドゥアール……っ」

制止の言葉に耳を傾《かたむ》ける様子もなく、エドゥアールの大きな手がミレイユの頬へと触れて、強引に顔を上げさせた。

そのまま彼の顔が近付き――何度目かもわからない口づけを交わす。

「ん、ふぅ……っ」

彼の言葉どおり、今回は、ただ触れるだけの口づけだけでは終わらなかった。

温かな舌がミレイユの小さな唇を割り開き、口腔内へと侵入する。

まるで生き物のように這《は》い回るそれは、怯《おび》えたように縮こまるミレイユの舌に絡みつき、しごくように愛撫した。

ねっとりと擦れ合う舌の感触はひどく艶《なま》めかしい。触れた場所から彼の熱が伝わり、次第に頭がぼんやりしていく。

「や、ぁ……」

離れてほしい。そう思っても、なぜか体に力が入らなくて。

弱々しいミレイユの抵抗を楽しむように、エドゥアールの舌の動きはますます激しく、荒々しくなっていく。

やがて、彼の唇が離れる頃には、ミレイユは一人で立つことすらできなくなっていた。

「……大丈夫かい？」

耳元で、微かに笑う気配。

「……だい、じょうぶ、よ」

息も絶え絶えに、ミレイユは言い返す。

たぶん、本当は何ひとつ大丈夫ではない。でも、どうしても悔しいのだ。彼の手中で転がされて、いいように扱われ、翻弄《ほんろう》されるばかりなことが。

「強がりも、ここまでくると見事だね」

エドゥアールはくつくつと喉の奥で笑うと、ミレイユの腰をひときわ強く抱き寄せた。

「では、もう一度最初から踊ろうか。……大丈夫だって言うんなら、ね」

エドゥアールが強引にステップを踏んだ。いまだ足取りのおぼつかないミレイユは、なすすべもなく彼の体へ倒れ込むしかない。

「おや、また失敗だ」

愉悦を滲《にじ》ませ、エドゥアールはミレイユの細い体を抱きしめた。

「まさか、僕にお仕置きをされたかった……なんてわけじゃない、よね？」

「誰が……っ、んっ」

再びキスされる。柔らかなミレイユの唇を貪《むさぼ》るように、エドゥアールの唇が、ちろりと出された舌がゆっくりと這い回る。

「……唇ばかりでは、君も飽《あ》きるよね？」

エドゥアールは微かに唇を離すと、おもむろに身を屈め、ミレイユの顎へと唇を寄せた。

そのまま、首筋へと下りていく。

「やっ……やめて……」

「駄目だよ。これはれっきとした、君へのお仕置きなんだから」

エドゥアールはミレイユの首元に強く吸い付いたかと思えば、舌を尖《とが》らせ、触れるか触れないかというほどの繊細さで首筋をなぞっていく。

「やぁ、くすぐったい……あっ」

触れられた場所に、甘く痺れるような感覚が生まれる。口から勝手に零《こぼ》れる声には、自分でも聞いたことがない、切ない響きがあった。

「ん？　ここ、気持ちいいの？」

ミレイユがひときわ反応した場所に、エドゥアールは繰り返し舌を這わせた。

「やだ、や……っ！」

刺激を与えられるたび、体がどんどん敏感になっていく。

ミレイユの細い体がびくびくと何度も震える。エドゥアールはその反応すら楽しむように、抱きしめたままの体を優しく撫《な》でた。

いったい自分の体はどうしてしまったのだろう。ただ触れられただけなのに、脳髄まで痺れるような感覚を覚えて、ミレイユは怯えるように吐息を零した。

「ふふ、敏感だね。それじゃ、ここはどうかな？」

エドゥアールの唇が首筋からさらに下へと向かう。服越しに、胸の膨らみへと。

そのうち彼の鼻先が、胸の先端にある小さな尖りを探り出した。

「ああ、切なそうだね。ここにも口づけてあげないと」

「ちょっと、やめてってば……っ、ああっ！」

布の上から唇で探られた、ただそれだけなのに――全身に、甘い震えが走る。

（やだ、どうして……？）

こんな感覚は初めてだった。

すぐにでも止めてほしい。そう思っているはずなのに。

体が、快感を覚えている。エドゥアールからの刺激を求め、ミレイユの意思とは無関係に熱く昂《たかぶ》っていく。

「ふふ、気持ちよさそうだ。でも、服の上からじゃ、お仕置きとしては足りないかな」

「何を言って……きゃっ」

エドゥアールはミレイユの体を抱き上げ、部屋の隅に置かれた長椅子へ運んだ。すっかり脱力しきった体は、彼にされるがまま、柔らかな布張りの座面へと横たえられてしまう。

大きな手がミレイユのブラウスのボタンをひとつひとつ外していく。

ミレイユは弱々しく抵抗を試みるが、それも彼に唇を塞がれるまでのことだった。強引に口の中を犯される、ただそれだけのことで、抗う気力がねじ伏せられていくのを感じる。

やがて、胸元のボタンがすべて外され、コルセットの紐を一息に解かれると、押さえつけられていた胸の膨らみが無防備にまろび出た。

「へえ、大きいんだね。服に隠れていてわからなかった」

誰にも見せたことのない場所を、エドゥアールに凝視されている。

恥ずかしさのあまり、肌がほんのりと上気する。ミレイユの反応に気を良くしたのか、エドゥアールは笑みを浮かべながら、その長い指を柔らかな胸の膨らみへと沈めた。

「ほら、僕の手に収まらないくらいだ。さて、感度はどうなのかな?」

「あぁ、いや、触らないで……」

「その頼みは聞けないな」

胸の膨らみを掬《すく》うように持ち上げると、エドゥアールは先端の蕾を口に含んだ。熱い舌で、敏感なそこをねっとりと舐《な》め上げられる。

もう片方の胸の膨らみは、エドゥアールの大きな手でやわやわと揉《も》まれていた。時折、その指先が赤く染まった先端を掠《かす》めるたび、じわりとした疼《うず》きが生まれる。

「やぁ……、もう、やだ、やめ……っ」

どれだけ懇願しても、エドゥアールが愛撫を止める様子はない。彼の熱い舌が蕾を圧し潰すように動くたび、ミレイユの体は小刻みに揺れてしまう。

そのうち、腰のあたりが妙にむずがゆくなってきて、ミレイユは太腿を擦り合わせた。

「可愛いよ、ミレイユ。もっともっと、僕に蕩けた顔を見せて」

「変なこと、言わない……で……っ」

きゅう、と胸の尖りを指で摘まれて、ミレイユの体があられもなく跳ねた。

「ほら、次はどこに口づけられたい？　ここ？　それとも……ここ？」

乳暈《にゅううん》を掠めるように唇が寄せられたかと思えば、先端の蕾をちゅっと吸い上げられた。

「あ、あああっ……！」

びくりと体が震える。ミレイユの意思とは無関係に。

「やだ、やだ……っ」

「でも、気持ちいいよね？」

エドゥアールは囁くようにそう言うと、胸の蕾をひときわ強く吸い上げ、微かに歯を立てた。刺激は快楽へと変わり、ミレイユの体をますます熱く昂らせていった。

エドゥアールの髪が素肌に触れる感触すら、今は快感へと繋《つな》がっていく。

「さて、こちらはどうなっているのかな？」

不意にエドゥアールの手がミレイユの腰へと触れた。太腿を優しく撫でるようにして、大きな手がゆっくりと移動していく。

「やっ……！　あなた、どこ触って……っ！」

ミレイユが声を荒らげたのは、エドゥアールが突然、スカートをめくり上げたからだ。

「やめてってば……！」

「駄目だよ。ここにもキスするんだから」

エドゥアールはおもむろに屈み込むと、ドロワーズ越しにミレイユの太腿へと口づけた。唇はそのままゆっくりと這い上がっていく。

「やだ、やだ……っ」

言葉にならない声が口から零れた。エドゥアールの手が、固く閉じたミレイユの両足を事もなげに開き、その奥へと忍び込んだのだ。

「濡《ぬ》れてるね」

ドロワーズ越しでもわかるほどの湿り気に、エドゥアールが吐息のように笑う。

彼の言葉の意味は、初心なミレイユでもわかる。女性の体は、快楽によってこういう風になるのだと、閨《ねや》での作法を教わる際に学んでいたためだ。

けれど、こんなにも簡単に、呆気《あっけ》ないくらいに、自分が感じてしまうなんて。自分の反応が信じられず、ミレイユは頬を真っ赤に染める。

「や、見ないで……」

ミレイユは羞恥《しゅうち》のあまり、そう呟《つぶや》くことしかできなかった。抵抗しようにも、体にうまく力が入らないのだ。

「大丈夫。今日のところは、布越しで我慢しておくよ。……このままじゃ、僕の方も抑えが利かなくなりそうだからね」

エドゥアールはドロワーズ越しに、秘められたその場所へと口づけた。

「はっ、あ……っ、やめ、もう……」

くすぐったいような、もどかしい刺激に、体が悲鳴を上げる。足りない、もっと欲しいとでも言うように。

嫌なのに。そう思ってるはずなのに。エドゥアールの唇が、とある場所に触れた途端、ミレイユは体が跳ねるほどの快感を覚えた。

「ああ、ここもこんなに膨らんでる」

「や、そこ、なに……っ⁉」

下腹部の濡れた花弁の付け根にある肉芽。そこへ触れられた一瞬で、あまりの刺激の強さに、頭が真っ白になった。

ミレイユは困惑し、たどたどしい口調でそう尋ねる。

「君をもっと、もっと好《よ》くしてくれる部分だよ」

エドゥアールはミレイユのそこを唇で挟むようにして、やわやわと愛撫した。それだけのことで、胸を弄《もてあそ》ばれていたときとは比べ物にならないほどの快楽が下腹部に生まれる。

「ああ、あっ……！」

強すぎるほどの快感が、ミレイユから制止の言葉を奪い去っていた。

自分の口から出ているとは思えない、あられもない嬌声。できることなら耳を塞いでしまいたいくらい、エドゥアールの愛撫に甘い声を上げ続けている。

羞恥で頭が焼けてしまいそうだった。それなのに、言うことを聞かない体は、ミレイユの恥じらいすら快楽を増すための刺激にしているようだった。

「や……もう、だめっ……」

下腹部の内側から何かがせり上がってくるのがわかる。ミレイユの意思なんて吹き飛ばしてしまうような、熱くて、強い奔流が。

「いいよ、そのまま達して」

エドゥアールはそう囁くと、ミレイユの肉芽へ舌を強く押し付けた。

「ああ……あっ、あ……っ、ああーっ！」

その刺激が引き金となり、快楽の奔流が全身を走り抜ける。

信じられないほどの喜悦が過ぎ去った後、ミレイユは身動きひとつできず、長椅子にぐ

ったりともたれかかった。

「うん、初めてとは思えないほど、上手に達せたね」

エドゥアールは体を起こすと、絶頂を迎えたミレイユの頭を優しく撫でる。

「あ……」

大きな手の感触が、気持ちいい。

（もっと……撫でてほしい……）

そう思ったのはどうしてだろう。もう、自分でもわからなかった。

「……お仕置きはこれからも続けていくから。それが嫌なら、しっかり頑張ってね」

エドゥアールは、喉の奥で低く笑う。

ミレイユは答えることもできないまま、その細い肢体をぶるりと震わせるのだった。

＊　＊　＊

その日の夜――。

夜着に着替えたミレイユは、小さくため息をつきながら寝台に座っていた。

「あれ、まだ寝てなかったんだ」

寝室の扉を開け、エドゥアールが入ってくる。彼もまた、夜着のガウン姿だ。

「……寝られるわけないでしょう」

今夜もエドゥアールと寝台を共にするのだと思うと、憂鬱《ゆううつ》でたまらない。

なんとか別の部屋に逃げられないものかと、ミレイユも考えてはみたのだ。

けれど、下手に騒ぎ立て、前侯爵夫妻、特に夫人の方に心配をかけるのだけは、どうしても避《さ》けたい。

「そんなに僕が待ち遠しかった？」

エドゥアールはミレイユの隣に腰かけ、その顔を覗き込んだ。

ミレイユは無言でふい、と顔を背ける。

正直なところ、こうして二人きりになった今、彼とどう接すればいいのかがわからない。

今まではただの幼馴染みに過ぎなかった。ミレイユよりも年上で、才気に溢れ、けれど妙に意地悪で厄介なだけの友人だと思っていた。

でも、急にそれが変わってしまった。

彼の言葉で、唇で、手で。ミレイユは、はしたないほどに乱れていく。男女の口づけは熱くて、甘くて。昂る自分の体は、まるで自分のものではないようだった。

他の人間が同席している間は忘れていられたが、こうしてエドゥアールと二人きりで対面すると、どうしても昼間のことを意識してしまう。

(……駄目、思い出さないようにしなきゃ!)

彼の前で素肌を晒《さら》したことも、触れられるたびに甘い声を上げ、快楽に身を震わせたことも。そうでなければ、この先、彼と渡り合えるはずがない。

対して、エドゥアールの態度は一貫して変わらなかった。昼間、あれだけミレイユにいやらしいことをしておきながら、いつもと変わらない様子で、平然と話しかけてくるのだ。

(いったい何を考えてるのかしら……)

ミレイユの警戒心を察したのか、エドゥアールは軽く肩を竦める。

「心配しなくても、今日はもう何もしないよ」

「今日は、って何よ」

「こういうことは、じっくり進めていく方が楽しいからね」

エドゥアールは柔らかく微笑むと、ミレイユの額に優しい口づけを落とした。

「ねえ。少し外に出てみないかい? 今夜は星がよく見えるよ」

「……別に、構わないけど」

今のままでは眠れそうにない。ミレイユはエドゥアールに促されるまま、寝室のガラス扉から繋がる小さなテラスに出た。

澄みきった夜空には、満天の星が瞬《またた》いていた。

王都の近辺は広大な平野になっており、山や高台といった視界を遮《さえぎ》るものがほとんどない。せいぜいが、王宮の尖塔や街の中心部にある時計塔くらいのものだろう。

「きれい……！」

どこまでも広がるような星空を目にした途端、先ほどまでの憂鬱《ゆううつ》な気持ちは、一瞬でどこかに消えてしまった。

手すりに手をかけ、身を乗り出すようにして空を見上げるミレイユに、エドゥアールはたまらず苦笑する。

「こら、危ないよ。落ちたらどうするんだ」

「これくらい、いつものことよ」

「それはそれは、ノーマルド伯爵のご苦労が偲ばれるね」

「どういう意味よ」

むくれた顔でミレイユが振り向くと、エドゥアールはその細い肩をそっと抱き寄せた。

「心配が絶えない、ってことだよ」

囁かれた言葉と、肩に置かれた大きな手のひらの感触。そのどちらもがひどく優しく感じられて、ミレイユは無言のままエドゥアールに体を預けた。

「子どもの頃も、こうやって二人で夜空を眺《なが》めたことがあるよね。覚えてる？」

「……ええ」

それは、まだエドゥアールと知り合って間もない頃の話だった。

社交界の時期、両親はどうしても留守になりがちだ。当然、屋敷に残されたミレイユは退屈するばかり。加えて、王都の屋敷には、領地の森のような広い遊び場もない。本を読んだり、人形遊びをしたりと、屋内で過ごすばかりでは飽きてしまう。

そこで、まだ存命だった母の計らいにより、ミレイユは一人でヴァンテイン侯爵家の屋敷に泊まりに行くことになったのだった。

「懐かしいな。君はいつも思うがまま走りだすから、僕は振り回されてばかりだった」

「でも、あなただって額の傷を持ち出しては、私を止めたじゃない」

「そうだっけ？」

そうよ、と頷くと、ミレイユはエドゥアールの顔をちらりと見上げた。

一緒に遊んで、本を読んで、食事をして。二人で毛布に包まり、こうしてテラスで星を見ながら夜更かししていたら、執事が気を利かせてホットミルクを持ってきてくれた。

確かあのときは、そのまま眠ってしまった二人を、侯爵夫妻が寝台まで運んでくれたのだったか。

「すごく、楽しかったわ。……あなたもまだ、そんなに意地悪じゃなかったし」

小さく付け加えた一言に、エドゥアールがおかしそうに喉を震わせる。

「今の僕は、そんなに意地悪？」

「ええ、とっても」

「そこまではっきり言われると傷つくな」

「へえ、あなたにそんな繊細な心があるなんて、知らなかったわ」

「ひどいな。僕はいつでも子兎のように怯え、震えているというのに」

「嘘ばっかり」

二人で顔を見合わせ、くすくすと笑い合う。

不思議な時間だった。まるで、本当に子どもの頃に戻ったかのようだ。

（……あの頃は、エドゥアールのことが大好きだったわ）

額に傷をつけた負い目があったから、彼の言うことはきちんと聞かないと！　とひときわ注意をして、張り切って。

それでも向こう見ずなミレイユだから、よくエドゥアールに注意されては、しゅんとした顔で「ごめんなさい」と言うのが常だった。

（こんな気持ち、ずっと忘れてた）

エドゥアールに意地悪なことを言われるようになったのは、いつからだっただろう？

どうして、顔を見るのも嫌になってしまったのだろう――。

「こうやって、君とまた星を見られて嬉しいよ」

「……私も」

まるで、ずっと失くしていた大切なものを見つけたような、不思議な気持ち。

(明日の朝になったら、忘れてしまうかもしれないけど)

胸の中にふわりと生まれたそれが、どこかくすぐったくて。

ミレイユは少しだけ前向きな気持ちで、エドゥアールを見上げるのだった。

＊　＊　＊

翌日からの花嫁教育は、それなりに順調に進んでいた。

エドゥアールを教師として、午前と午後、それぞれ二時間ずつ行われる授業。ミレイユが身に着けなければいけないものは、初日に行ったダンスの他、作法と教養だ。

このうち、作法はほぼ完璧だった。

王家に対しての礼をはじめ、国外からの賓客や、同等の爵位を持つ相手に対しての振る舞いなど。王国貴族としての基本的な儀礼を、ミレイユは順番に披露していった。

「うん、問題ない。というか、完璧すぎるくらいだね」

ひととおりの確認を終えると、エドゥアールは満足そうに頷く。

「当然よ」

ミレイユは誇《ほこ》らしげに胸を張った。

伯爵令嬢としての作法は、幼い頃から叩《たた》き込まれている。それに加えて、商売をしたり、爵位を継いだりと、ミレイユが目指す道のために、こういったものは必要不可欠。できるとできないでは、他者からの信頼は段違いだ。

「正直、君がここまでやれるとは思わなかったよ。爵位を継ぎたいって気持ちは本物だったみたいだね」

「ええ。あなたと結婚なんてしなくても、十分にやっていけるくらいにはね」

「それはどうかな。今のままでは、優雅さが少しばかり足りない気がするけど」

「どうしてそこで一言多いのよ……」

物言いに引っかかりを覚えたものの、否定はできない。性格が動きに表れてしまうことは、ミレイユも自覚している。

「まあ、それはひとつずつ直していこうか。大丈夫、僕に任せておいて」

「何ひとつ、大丈夫に聞こえないのだけれど？」

そんなやり取りこそあったものの、ダンスレッスンのときのように淫《みだ》らなお仕置きをされることはない。

ミレイユは内心ほっとする。妙な言いがかりをつけられて、またあのような辱《はずかし》めを受けるのではないかと心配していたのだ。

だが、エドゥアールはそのあたりはきちんとしているらしい。

彼が言うところの優雅さを醸し出すため、ひとつずつ作法を見直している最中も、彼はミレイユにも見てわかるほど真剣に取り組んでくれた。

そうなると、ミレイユも自然と真面目に彼の言葉に耳を傾け始める。

その翌日に行った、教養の確認の際も同様だ。

「へえ、すごいな。こんなことよく知ってるね」

「ミレイユは頭がいいな。もっと基礎的なところから教える必要があると思ってたのに」

「君がこんなに出来がよいなんて。僕としても教え甲斐《がい》があるよ」

そんな風に真正面から褒められ続けると、自然とやる気も出てくる。

（……そういえば、昔もこうして向かい合って勉強したっけ）

侯爵家の屋敷の一番奥にある書架。エドゥアールと共に古めかしい飴《あめ》色の机に向かいながら、ミレイユは不意にそんなことを思い出した。

あれは、ようやく難しい単語が読めるようになった頃だっただろうか。

本を読むなんて退屈だ――そう考えていた幼いミレイユの価値観を変えたのは、エドゥアールの博識さだった。

森と薬草。ミレイユが何よりも愛するそれらについて、エドゥアールは時に、ミレイユ以上の知識を有していた。どうしてなのかと尋ねたら、返ってきたのは、本に書かれていたことを覚えているだけだ、という答え。

「どの本？　どの本に書かれていたの⁉」

「ちょっと待ってね、ええと……」

せがむミレイユに、エドゥアールは書架に置かれている脚立へ昇ったかと思えば、分厚く古めかしい辞典を取り出して。子どものミレイユには読めないくらい難しい単語と文章で書かれたそれを、わかりやすい説明と共に読み進めてくれた。

（……そう考えると、私が今、ちょっとした商売をしているのも、エドゥアールのおかげなのかもしれないわね）

彼と一緒に過ごす時間は、勉強すら楽しみに変えてくれたのだ。

何もかもエドゥアールの手中に収まっているようで悔しいが、こればかりは潔く認めるしかないだろう。

薬草や精油の調合には、専門的な知識と、緻密な計算を行うだけの知能が必要だ。特に、読み書きと計算については、彼との時間なしでは身につかなかったかもしれない。

ミレイユが新しいことをひとつ覚えるたびに、エドゥアールはまるで自分のことのように喜んでくれた。質問すれば熱心に教えてくれたし、どうしてもわからなくて投げ出しそうになったときも、ミレイユが理解するまで根気強く付き合ってくれた。

「ミレイユ？　……どうかした？」

不意に、エドゥアールにそう声をかけられる。どうやら、無意識のうちに、隣に座る彼の顔をじっと見つめていたようだ。

「ううん、なんでもない」

「なら、続けようか。次は、侯爵家の有する領地についてだけれど……」

エドゥアールは机に置かれた本を指差し、内容を詳しく解説する。その語り口はとてもわかりやすかったのだが、今はどうしても頭に入ってこなかった。

（……なんだか私、おかしいわ）

エドゥアールの講義は右から左に流れていくばかり。二人並んで星を眺めた夜から、妙に昔のことばかり思い出して、そのたびに胸がそわそわしてしまう。

（こんなに長い時間一緒にいるの、久しぶりだから……かしら？）

でも、それだけではない気がする。

「こーら、ミレイユ。ちゃんと僕の話を聞いているのかい？」

「あ……ごめんなさい」

ぼんやりと考え込んでいたミレイユは、エドゥアールの指摘に素直に謝罪した。

すると、エドゥアールは椅子から立ち上がり、ミレイユのそばへ歩いてくる。

「お仕置きだよ」

ちゅっと額に唇が落ちた。その優しさに、ミレイユの胸がどきんと跳ねる。

認めたくはなかったが――久しぶりに幼馴染みと過ごす穏やかな時間を、ミレイユは楽しいと感じているらしい。

（だ、だからって、エドゥアールとは絶対に結婚するもんですか……！）

ミレイユは、自分で自分に言い聞かせた。

こんなの、ただの気の迷いだ。そう、普段のエドゥアールがあまりにも意地悪だから、ほんの少し優しくされただけで、それを過剰に捉えているだけなのだ。

（ああ、私って、なんて単純なのかしら……！）

キッとエドゥアールを睨《にら》みつけると、彼は呆れたように苦笑した。

「ミレイユ。表情豊かなのはいいけれど、淑女には落ち着きも必要だよ」

「なっ……！」

つまり、彼はこう言いたいのだ。全部顔に出ている、と。

ミレイユがむっと唇を尖らせると、エドゥアールはわざとらしく澄ました表情で、机に広げた書物へ向き直る。

「それじゃ、続きを読んでいくよ。今度はしっかり集中すること。いいね？」

「ええ、わかってるわ」

しっかりしなきゃ、とミレイユは背筋を正すのだった。

＊＊＊

あくる日の昼下がり――。
ミレイユは、芝生に座り、のんびりと空を見上げていた。
今日もいい天気だ。白い雲が、青い空にゆっくりと流れていく。ぽかぽかとした陽気に、ミレイユは大きなあくびをした。
と――不意に、遠くから複数人の声が聞こえてくる。

「ミレイユ様、どちらですかーっ⁉」

「向こうにはいなかった。こっちか⁉」

（いけない。隠れなきゃ）

ミレイユは生け垣に紛れるようにして、さっと身を屈める。

いくつもの声と足音が近付いたかと思えば、また遠ざかっていく。ミレイユを探しているのは、他でもないヴァンテイン侯爵家の使用人たちだ。

何を隠そう、ミレイユは現在、花嫁教育のレッスンから脱走中なのである。

ミレイユも、最初の三日間は努力した。エドゥアールの『お仕置き』を防ぎたいという理由があったし、教養や作法、勉学のために時間を費やすのはそこまで嫌ではなかったからだ。だが、四日目の今日に、早くも限界が訪れた。

端的に言ってしまえば、自然が、植物の緑が恋しくてたまらなくなったのだ。

考えてみれば、ミレイユは毎日、何かしらの植物と触れ合い、世話をして生活している。領地であるノーマルド伯爵領では森を見回っていたし、王都の屋敷ではたくさんの植木鉢と庭木があった。

けれど、ヴァンテイン侯爵家に連れて来られて以来、エドゥアールに言われるがままレッスンに励むばかり。ほんの少しの空き時間も、仕立屋にドレスの採寸をしてもらったり、ルイーズ夫人と共に出入りの小間物屋と会い、日用品を選んだり……と、まったく自由に過ごせる様子がない。

前侯爵夫妻にも、使用人にもよくしてもらっている。それについては感謝している。

だが、あまりの息苦しさに耐えきれず、ミレイユは午後のレッスンから逃亡し、こうして屋敷の庭に隠れている、というわけである。

子どもの頃によく遊んだ庭園だ。あの頃とは少し趣《おもむき》が違うとはいえ、土地勘のようなものはある。生け垣と植木が重なったそこは、近くに建てられた東屋の陰ということもあり、使用人たちの視線からミレイユの姿を巧妙に隠してくれていた。

(ごめんなさい。私にも、一人になりたいときはあるのよ)

ミレイユは懐《ふところ》から取り出した包みを開く。中に入っているクッキーは、休憩中に食べたいから、と厨房係の侍女に頼んで用意してもらったものだった。

わくわくした気持ちで頬ばると、さくりとした軽い食感と、バターの豊潤な香りが口いっぱいに広がる。思わず笑顔になる美味しさだ。晴天の下で食べているということも、その味わいに拍車をかけている気がする。

そのうち、芝生の上に零れたクッキーの欠片《かけら》を見つけて、小鳥がすぐそばに下りてきた。

「あなたも食べる？」

ミレイユは小鳥に微笑みかけ、クッキーを小さく割って与えてやる。小鳥は怖がる様子もなく、可憐《かれん》な鳴き声と共に寄ってくると、ミレイユの手に乗せられたクッキーをついばんだ。

「ふふ、可愛い」

しばらく、そんな風にのんびりと過ごしていたが、そこに再び、複数の足音が近付いてきた。使用人たちが戻ってきたようだ。

それを察知した小鳥が、素早く飛び去っていく。ミレイユはその姿に少し寂しいものを感じながらも、急いで生け垣の陰に身を隠した。

「まったく、ミレイユ様はいったいどちらに行ってしまわれたのか」

「あの方に隠れられたら、手の打ちようがない。昔から、この庭であの方に敵う人間はいなかったからなあ」

ミレイユのお転婆さは、古くから侯爵家に仕える者には既に知れ渡っている。ぼやく使用人の声には、微かなあきらめが滲んでいた。

「しかし、エドゥアール様の結婚が、こんなに早く決まるとは」

「旦那様も奥様も、随分と気を揉んでいらしたからね、無事にまとまってよかったよ」

「だが……こんなことを申し上げるのは失礼だが、あの方で本当によかったのか？　エドゥアール様にずっと想うお方がいるっていうのは、有名な話なんだろう?」

(……えっ?)

使用人たちの様子を窺《うかが》っていたミレイユは、思いがけない言葉に驚いた。

声の感じを聞くに、話を振ったのは最近雇われたばかりの従僕のようだ。対して、それに答えるのは、ミレイユも顔を覚えている古株の使用人らしい。

「ああ、そのことか。それは……で、……だから」

「つまり、……なのか」

「そうそう。だから……」

会話の続きに耳をそばだてるも、使用人たちが歩き去っていったせいで、肝心なところがまったく聞こえない。

やがて、再び人の気配が失われた庭の只中で、ミレイユは——。

「……エドゥアールに、好きな人がいる……?」

先ほどの会話を反芻《はんすう》するように、ぽつり、そう呟いた。

別に、不思議なことではない。ミレイユが十九歳なら、エドゥアールは二十三歳。本来ならば、とっくに縁談が組まれていてもおかしくない年頃だ。

それなのにエドゥアールが今の今まで独り身なのは、彼が名門侯爵家の後継者であり、下手な相手と姻戚になるわけにはいかないからというのが大きい。

また、本人も言っていたとおり、その美しい顔立ちや地位狙いで近寄ってくる女性を避《さ》けたというのもあるだろう。

そのあたりの事情は、ミレイユも重々承知している。では、どうしてこんなに愕然としているのかといえば――。

（私……気付かなかった……）

幼馴染みとして、誰よりも近くにいるのに。額の傷のせいでいいように使われている面もあるとはいえ、お互い、家族の次に長い時間を共にしている相手だ。

なのに、今の今まで彼に想う相手がいたことをまったく知らなかったなんて。自分はそんなに鈍く、察しの悪い人間だったのだろうか。

呆然と、整えられた芝生を見つめる。だが、今はそんな風に落ち込んでいる場合ではない。

（やっぱり、この婚約は破談にするべきだわ……！）

エドゥアールに想い人がいるというのであれば、その相手と結婚した方がいいに決まっている。

（それにしても、いったい相手は誰なのかしら）

エドゥアールが遊学に同行する二年前まで、社交界における彼のパートナーはいつもミレイユだった。もちろん、それは彼を巡って女の争いが起こることを避けるためなのだが、逆に言えば、ミレイユ以外に矢面《やおもて》に立つ女性は存在しなかった、ということだ。

だが、想う相手がいるというのなら、不要な争いを生まないためにも、最初からその女性をパートナーにすればよかったはずだ。それをしなかったのはなぜだろう?

(まさか……私との結婚を隠れ蓑《みの》にしなければ、関係を続けられない、とか?)

身分の差か、それとも相手が既婚者なのか。可能性はいくつか考えられるが、とにかく、まっとうな関係でないことは確かだ。

(冗談じゃないわ。どうしてそこまで都合よく扱われなきゃいけないっていうのよ!)

憤懣《ふんまん》やるかたない、といった様子でミレイユは腕組みする。道ならぬ恋に溺《おぼ》れるのはエドゥアールの勝手だが、巻き込まれるのはごめんだ。

となれば、なんとしても相手を突き止めなければ。

(……ううん、何か手がかりが欲しいわね)

ミレイユは難しい顔で考え込む。何しろ、婚約発表の日まであと一か月を切っている。早急にはっきりさせておきたい。

(誰か知ってそうな人は……)

と、空を見上げた瞬間だった。

「ミレイユ。どこに逃げたかと思えば、こんなところに隠れていたのかい」

生け垣を覗き込んだエドゥアールと、目が合った。それはもう、ばっちりと。

「え、えっと……」

慌てて立ち上がろうとするミレイユの肩を、エドゥアールががっしりと摑《つか》む。

「おっと、逃がさないよ。とっくに午後のレッスンの時間は過ぎてるんだ」

「ちょ……っ、離して……！」

「君が逃げなければ離してもいいけど、それは無理な相談だろう？」

エドゥアールはにっこり笑うと、ミレイユの体を軽々と抱き上げた。

「ほら、行くよ。君が逃げた分だけ、しっかりとお仕置きもしないといけないし……ね」

「うっ……」

笑みの形に細められた濃灰色《のうかいしょく》の瞳、その奥に宿る怒りに、ミレイユは思わず怯《ひる》む。

「さ、午後は歴史の講義からだ。君がいない間にたっぷり問題を作っておいたから、覚悟してね」

「エドゥアールの馬鹿、意地悪ーっ！」

じたばたともがいたところで、エドゥアールの拘束が緩むはずもなく。

ミレイユの悲鳴だけが、太陽の傾き始めた空に吸い込まれていくのだった。

＊　＊　＊

（……はぁ、ひどい目に遭ったわ）

その夜、ミレイユは寝室の机にぺったりと顔を伏せ、深々とため息をついていた。

ひとときの逃亡から連れ戻されたミレイユのその後は、それはもう惨憺《さんたん》たるものだった。

エドゥアールは言葉どおり、歴史についての問題を作っており、その数も難易度もすさまじい有様。全問正解するまで解放しないと言われ、ミレイユは間違えた部分を延々と復習する羽目に陥《おちい》ったのである。

この前のダンスのように、淫靡《いんび》なお仕置きがなかったのは不幸中の幸いだったが、代わりに、歴史の年号や歴代国王、侯爵の名前が口から勝手に漏《も》れてきそうだ。何しろ、使用人が夕食の時間を知らせに来るまで、エドゥアールに厳しく叩き込まれ続けていたのだから。

とはいえ、いつまでもぐったりしているわけにはいかない。

ミレイユは使用人に用意してもらったレターセットを机の上に広げ、手紙を書き始める。

宛先は、友人のレイチェル。彼女はミレイユと違い、社交界の事情に詳しい。ならば、

エドゥアールの想い人についても心当たりがあるのでは、と思ったのだ。

手早く手紙を書き終え、封蠟《ふうろう》の印を押す。後は明日、レイチェルに届けてもらうだけだ。

ひと仕事終えたミレイユが椅子の背もたれに体を預けた、そのとき。微かな音と共に、寝室の扉が開いた。

「……なんだ、まだ起きていたのかい」

部屋に入ってきたエドゥアールは、夜着であるガウン姿だった。

「それは……手紙？　誰に送るんだい？」

「レイチェルに、ちょっとした近況報告をと思ってね」

「レイチェル……ああ、フェリス伯爵令嬢か。まさかとは思うが、僕の悪口ばかり書き連ねてるわけじゃないだろうね？」

「さあ、それはどうかしら？」

ミレイユは机に置いてあったランプを吹き消すと、椅子から立ち上がった。

「エドゥアールこそ、随分と遅かったのね」

彼は夕食後、仕事があると言って書斎に籠もってしまっていた。

「そんなに忙しいのなら、私に付きっきりにならなくてもいいんじゃない？」

「そうはいかない。君を立派な淑女に仕立てることは、僕の侯爵就任における一大事業のようなものだよ。文字どおり、一生を共にするわけだからね」

平然と言い放つエドゥアールに、ミレイユはつん、と顔を逸《そ》らす。

「お生憎《あいにく》様。私、あなたに利用され続けるつもりはないわよ」

それに、あなたには他に好きな人がいるんでしょう――そう言いそうになるのを、ぐっと堪える。確証のないことを口にしたところで、誤魔化されるのが目に見えているためだ。

「それじゃ、私はもう寝るから。おやすみなさい」

ミレイユは素っ気なく言って、寝台へ向かおうとした。だが、その手が不意に摑まれる。

「待って、ミレイユ」

「何よ……んっ」

唐突に口づけられた。親愛のキスのように軽く終わるものではなく、深く――熱く。

戸惑うミレイユには構わず、エドゥアールの舌が口腔内を隅々まで犯していく。

ここに来てから何度となく味わったその感触に、ミレイユの体が勝手に震え始める。

「な、なんのつもりよ……⁉」

やがて唇が離れると、ミレイユはきつくエドゥアールを睨みつけた。

「いやだな、練習に決まってるじゃないか」

エドゥアールはにやりと笑うと、大きな手でミレイユの頬へと触れた。

「今までは君のためを思って控えていたけれど……そろそろ、閨の嗜《たしな》みについて、本格的に学んでもいい頃合いだろう？」

「な、何よ、それ……！」

ミレイユの困惑をよそに、エドゥアールの手は夜着の上から胸の膨らみへと触れた。長い指が、ゆっくりと柔肉へ沈み込んでいく。

抵抗しようと試みるも、ミレイユの両手は、もう片方の手でまとめて摑まれてしまった。やわやわと胸の膨らみを揉みしだかれ、ミレイユはあえかな吐息を零す。

「あ……や、ちょっと、やめてってば……」

「まずは、少しずつ気持ちいいことを覚えていこうか。例えば……ここ」

エドゥアールの指の腹が胸の頂《いただき》を掠めた。

「んっ……」

ミレイユはくすぐったさに身を捩《よじ》る。けれど、繰り返しそこを擦られると、次第にじんわりとした甘さが生まれるのがわかった。

「覚えてる？　前にも触ってあげただろう？　ほら、硬くなってきた」

凝り始めた胸の頂が、薄い夜着を持ち上げていた。わざと辱めるようなエドゥアールの言葉に、ミレイユの頬がかぁっと熱くなる。

「もっと快《よ》くしていこうか。……こうやって」

指先で、きゅっと胸の頂を摘まれる。

「ああっ……や、やだ……っ」

「嫌なの？　どうして？」

そう問いかける間も、エドゥアールの指は胸の頂を捏《こ》ねくり回している。

「だって、そんな……っ、触られるの、くすぐった……っ」

「それだけじゃないよね？」

エドゥアールの指先が、胸の頂をぴん、と弾いた。途端、全身に甘い刺激が走り、ミレイユはたまらず体を震わせた。

「ほら、やっぱり」

からかうような声。くつくつと喉を鳴らし、エドゥアールは満足そうに笑っている。

「言ってごらん、気持ちいいって」

「だ、誰がそんなこと……っ！」

「強情だなあ、ミレイユは。なら、もっと感じさせてあげるよ」

エドゥアールが夜着のリボンを解くと、薄い布地はミレイユの肌からさらりと滑り落ちていった。豊かな胸が外気に晒され、ふるんと頼りなく震える。

「今はまだ、これまでのおさらいだよ。ほら、覚えてる？　前にもこうしてあげたよね」

赤く凝った頂の蕾へ、エドゥアールは唇を寄せた。ちろりと舌先で舐められると、ぞくぞくと背筋に震えが走る。

「あ、やだぁ……っ」

ミレイユの制止もむなしく、エドゥアールは食むように胸の頂を口に含んだ。たっぷりと唾液をまとった舌が、尖りきった蕾を丹念に舐め上げる。

「ああ、あっ……っ、や、あ……っ！」

舌で蕾を乳暈へ押し込まれるように愛撫されると、快感はさらに強くなった。

ミレイユはどうにかエドゥアールから逃げようと身を捩る。だが、彼の逞《たくま》しい腕と胸板に抑え込まれ、それは敵《かな》わない。

愛撫はますます激しくなっていく。じゅっと音を立てて胸の頂を吸われ、ミレイユは引き攣《つ》るような悲鳴を上げた。

もう片方の先端も指で丹念に捏ねられ続け、体はどんどん甘い熱を帯びていく。

と、不意に刺激が途切れた。エドゥアールが胸元から離れたのだ。

「あ……」

ミレイユは、吐息のような声を零す。その響きは、どこか切なげで。

――もっと、してほしい。

無意識のうちにそう考えていたことに気付き、ミレイユは愕然とした。

（私、どうして……）

「そんなに寂しそうな顔をしないでよ。……今日は、これからが本番だ」

見透かすように微笑むと、エドゥアールは再びミレイユへとキスを落とした。

「んっ……」

エドゥアールの舌が、強引にミレイユの唇を割り開く。それと同時に、彼の片手が胸からゆっくりと下へ移り始めた。

ミレイユの下腹部を愛おしげに撫でた後、大きな手は器用にドロワーズを下ろした。夜着もするりと脱がされてしまい、ミレイユはとうとう生まれたままの姿を晒すことになった。

「……綺麗《きれい》だよ、ミレイユ」

体を起こしたエドゥアールが、寝台に横たわるミレイユの裸身をじっと見つめている。

「やぁ……見ないで……」

その瞳に、今まで見たこともないような情欲が宿っているのを感じ、ミレイユは羞恥《しゅうち》に身を固くした。

たまらず両手で胸を覆《おお》い隠そうとするが、エドゥアールの手がそれを引き留める。

「駄目だよ、全部見せて……可愛がらせて」

そう囁くと、エドゥアールはミレイユの太腿を摑み、足を大きく開かせた。

「やだ、やっ……！」

誰にも見せたことのない場所が、無防備に晒されている。

「……ああ、たくさん濡れてるね」

エドゥアールの長い指が、愛蜜を絡ませるようにして、ミレイユの秘められた花弁を往復していく。その動きの優しさに、心臓の鼓動が一気に高鳴っていく。

「あ、ああ……っ、や、やめ……っ」

「どうして？　もうこんなになっているのに？」

「だって……練習なら、もう十分、じゃ……っ！」

ミレイユの言葉が途切れ、声にならない悲鳴が零れた。エドゥアールの指が、ある一点へと触れたからだ。

秘裂の付け根にある花芯。そこはすっかり充血して、ぷくりと膨れている。

「でも……ここは、今すぐにでも僕に触れられたいと言っているよ」

「や、ちが……あああっ！」

愛蜜を塗り込めるように、指が動く。刹那《せつな》、布越しに触れられたときとは比べ物にならないほどの刺激が、ミレイユの下腹部に広がった。

「こうされると、気持ちいいだろう?」

肉芽を執拗《しつよう》に擦られると、強烈な快感がミレイユを襲った。

下肢が蕩けそうなほどに熱い。細い腰が勝手に跳ねて、エドゥアールの手から逃れようとした。なのに、彼はしっかりとミレイユの体を押さえつけ、それを許してくれない。

「やだ、や……っ! あ、あぁっ……っ、あーっ!」

ミレイユはなすすべもなく快楽に翻弄され、迸《ほとばし》る喜悦に全身を震わせた。

荒い息をつき、リネンに体を預ける。エドゥアールは情欲の滲んだ笑みを浮かべ、それを見下ろしていたが、その手がおもむろに彼女の足を持ち上げた。

「はい、休憩はおしまい。君にはまだ、練習に付き合ってもらわないと」

「やぁ……そん、な……」

快感の余韻に震える体には、未だ力が入らない。ミレイユは弱々しく拒絶の声を上げながらも、彼にされるがまま、両足を大きく開く体勢になる。

「駄目、恥ずかしい……」

エドゥアールが、ミレイユの秘められた場所を見つめている。その事実に、抗いようのない羞恥に、なぜだか、体がどうしようもなく昂ってしまう。

「ああ、ますます濡れてきた。……興奮してるの？」

「違……っ、あ……っ」

エドゥアールの指が愛蜜を掬うように再び秘裂へ触れた。

「ほら、ぐちゃぐちゃだ。気持ちいいね、ミレイユ？　……僕の指にこんなに感じてくれるなんて、嬉しいよ」

エドゥアールは緩やかな動きで花芯を愛撫する。絶頂を迎えたばかりのミレイユの体は、その動きから過剰なまでに快感を引き出した。

「ん、ん、んっ……あ、は……っ、や……っ」

エドゥアールの指に合わせて、ねだるような声を上げるのが止められない。恥ずかしいことをされているはずなのに、もっと、もっとしてほしいと心のどこかで願ってしまう。

「まだだよ。ほら、次は……」

ひくひくと痙攣《けいれん》する蜜口へ、エドゥアールの指が触れる。つぷ、と内側に何かが入り込む感覚がして、ミレイユはひくんと腰を揺らした。

「や、何……っ、指……？」

「そう。ここに、僕のかたちを覚えてもらおうかと思って」

下肢を貫くような、確かな異物感。充血した肉襞を開くように、エドゥアールの指がゆつくりと挿入《はい》ってくる。

「エドゥアール、いくらなんでも、やりすぎ……んっ」

これはあくまで練習のはずだ。ミレイユの体をここまで弄ぶ必要はない。

そう訴えても、エドゥアールが行為を止める気配はなかった。それどころか、快楽を引き出すように、親指で花芯をぎゅっと潰される。

「ふふ、内側がぎゅうって締まったよ。わかる？」

挿入された指の先が微かに曲げられて、ミレイユは浅く吐息を漏らした。押された場所から、じんわりとした甘さが胎内へと広がったせいだ。

「ん？　ここが快《よ》いのかな？」

ミレイユの反応に気付いたエドゥアールは、感じる場所を執拗に擦り立てる。

それは、花芯を愛撫されるときとはまた違う快感だった。最初こそ熾火《おきび》のようにささやかだったそれは、やがて腰が蕩けそうなほどの熱へと変わる。

「ね、も……エドゥアール、本当に……駄目、だから……ぁ……」

終わることのない悦楽に、ミレイユは目の端に涙を浮かべながら首を振った。これ以上続けられたら、頭がおかしくなってしまいそうだ。

「仕方ないな。それじゃ、次にイったら、今日の練習は終わりにしようか」

必死の懇願に、エドゥアールは意地悪くそう囁いた。

「たくさん気持ちよくなれば、すぐに終わるよ。僕も手伝ってあげるから……ね？」

エドゥアールは中指で隘路《あいろ》を刺激しながら、親指の腹で膨れた花芯を圧し潰すように責め立てる。

「あ、あ、あ……っ、は、んんっ……！」

「ねえ、どっちが気持ちいい？　中？　それとも外？　ミレイユ、答えてよ。ほら」

「ん、ん、あ……っ、無理、無理ぃ……っ」

ミレイユは必死に首を振る。同時に二箇所を責め立てられ続け、意識はすっかり快楽に翻弄されてしまっていた。

「ははっ、君の体は正直だね。もう、こんなにも僕に夢中じゃないか」

「や、あ……っ！」

ミレイユが悲鳴を上げたのは、蜜口に挿入される指が一本増えたせいだ。

圧迫感が、下肢の甘さをさらに強くしていく。蕩けそうな快感が、ミレイユの全身を熱く震わせて、今にもどうにかなってしまいそうだ。

やがて——熱情のような快楽が、体の奥深くからこみ上げてきて。

「あ、あ……んっ、あ、や……っ、ああーっ！」

ミレイユの体は、何度目かもわからない絶頂へと押しやられ――弛緩したその肢体が力なく寝台に横たわった。

エドゥアールは体を起こすと、大きく息を乱し横たわるミレイユを見下ろす。

「これからも、気持ちいいことをたくさん教えてあげるよ。……君が、僕なしではいられなくなるくらい、虜《とりこ》にしてあげるから」

――楽しみにしていてね。

熱く、熟れたような囁きが寝台に落ちる。

（……嘘つき）

好きな人がいるくせに。本当は、ミレイユのことなんてどうだっていいくせに。

どこか拗《す》ねたような気持ちをぼんやりと胸に抱きながら、ミレイユは意識を手放したのだった。

＊　＊　＊

エドゥアールの想い人について、なんの手がかりも得られないまま、数日が過ぎた。

花嫁修業と称し、日々、レッスンは繰り返されていく。ダンス、作法、教養と、ミレイユが侯爵家の妻として迎えられるための準備は、着々と整っていた。

加えて、閨の嗜みの練習の名目で、エドゥアールは毎夜、ミレイユの体を快楽で苛《さいな》む。

日々、淫らに、敏感になる一方の自分の体。ミレイユはそれが恨めしくてたまらなかった。おまけに睡眠時間も削られるし、昼のレッスンも内容が難しくなっていくし……と、疲労は溜まっていくばかり。

一方のエドゥアールはといえば、ミレイユとは対照的に元気そのものだ。

日々の教師役には精力的に取り組んでいるし、ミレイユへの淫らな悪戯《いたずら》は止むことがない。変化といえば、せいぜい、嫌味の頻度が以前よりも減ったくらいだろうか。

加えて、ミレイユは一度たりとも、彼より先に目覚めたことがなかった。

使用人に聞いたところによれば、彼は夜明けと共に起床しているらしい。近衛騎士だった頃の習慣で、毎日剣の稽古を欠かさないのだとか。

(さすがというか、なんというか。体力が全然違うわ……)

昔はミレイユの方が元気でお転婆だったのに、これが男女の肉体の違いなのだろうか。それに付き合うこちらの身にもなってほしいものだ。

領地の森を駆け回っていたこともあり、ミレイユは、同世代の女性の中ではかなり体力がある方だと自負している。が、それにも限度というものがあるだろう。

おかげで、つい寝台から出るのが遅くなってしまった。

「いい加減に起きないと……」

朝食は前侯爵夫妻とエドゥアールとの四人で揃って摂ることにしている。そろそろ身支度をしなければいけない頃合いだ。

だけど、柔らかな寝台や、肌触りのよいリネンの感触がどうしても恋しい。

ここで夜ごとエドゥアールに苛まれていることなど、暖かな寝具に包まれるときの安らぎに比べれば些細《ささい》なことだ。

ミレイユが大きなあくびをしていると、部屋の扉が控えめに叩かれた。

「ミレイユ様、起きていらっしゃいますか？　フェリス伯爵令嬢からお手紙が届いております」

「まあ、レイチェルから!?」

ミレイユは慌てて身支度を整えると、廊下で待っていた使用人から手紙を受け取った。

（この中に、エドゥアールの想い人について書かれているかも……！）

ざわつく胸を押さえながら丁寧に封を切り、便せんを取り出すと、見慣れた流麗な筆致が目の前に現れる。ミレイユは、急いた気持ちのままに手紙に目を通す。だが、そこに求める答えは書かれていなかった。

　まさか、レイチェルも知らないのだろうか。となると、次はどこに当たるべきか。そう考えながら文面を読み進めていくと、ふと最後の一文が気にかかった。

『よろしければ、我が家で一緒に紅茶でも飲みながら、色々と話をしましょう』

「……もしかして」

「何がもしかして、なんだい？」

　不意に背後から聞き慣れた声がして、ミレイユは飛び上がった。

「え、エドゥアール⁉　もう、驚かせないでよ！」

「ひどいな。とっくに朝食の時間なのに、君がいつまでも食堂に来ないから呼びに来たんじゃないか」

　エドゥアールはやれやれ、とため息をつくと、ミレイユの手にある便せんへ目を留めた。

「それは？」

「な、なんでもないわ。レイチェルから、この前の手紙の返事が届いただけよ。それよりも、早く食堂に行きましょう」

　ミレイユは手早く手紙をしまい込むと、エドゥアールの腕をぐいぐいと引っ張り、食堂へと向かう。

そして――その数日後。

「まさか、あなたが結婚するなんてねえ。よかったじゃない、物好きな相手がいて」

「そんな呑気《のんき》なことを言ってる場合じゃないのよ、レイチェル」

ミレイユは、レイチェルの住むフェリス伯爵家の屋敷を訪れていた。

茶会の場所にと選ばれたのは、邸宅の中でも奥まった場所にあるガラス張りの温室だ。

レイチェルの実家であるフェリス伯爵家は、領地に優秀な職人を多く抱え、後進の育成にも力を入れている。鳥籠のようにアーチを描く鉄骨に嵌《は》められたガラスと、その縁を辿《たど》るように備え付けられた設備。庭園の片隅に建てられたそれは、レンディアス王国の中でも一、二を争うほどの技術の粋を凝らして作り上げられたものだった。

温室の内部には、色とりどりの薔薇《ばら》が咲き乱れている。大輪の花を咲かせるものから、小ぶりな花を密集させるものまで、種類もさまざまだ。

ミレイユは、庭園の中央に置かれた丸いテーブルで、優雅な仕草で紅茶を飲むレイチェルをそわそわと見つめる。

「お願い、知っていることがあったら教えてちょうだい」

手紙の文面からして、レイチェルは恐らく、エドゥアールの想い人について情報を持っている。ただ、文字に書き起こして伝えると不都合があるため、ああいった書き方でミレイユを招いたのだろう。

「そう慌てないの。淑女にはお茶を楽しむ時間も必要よ。侯爵家に嫁ぐとなれば、学ぶことも多いのでしょう？　今日だけは、休憩と割り切ってもよいと思うけれど」

レイチェルは艶然《えんぜん》と微笑むと、ゆったりとティーカップをテーブルに置く。

「ほら、今日の茶葉はあなたの好きなディーチェ産よ。知っている？　向こうでは、紅茶の中にジャムを入れて飲むのですって」

「まあ、美味しそう……じゃなくて！　私は、ここでこうしている時間すら惜しいのよ！」

ミレイユは今日、エドゥアールに黙って屋敷を抜け出してきた。レイチェルの元に遊びに行きたいと正面から訴えたところで、許可が下りるとは思えなかったからだ。

ミレイユの不在に気付いたが最後、彼は間違いなくこの屋敷に迎えの馬車を寄越すことだろう。自慢ではないが、ミレイユにはこの二人しか友人と呼べるほど親密な相手がいないのだから。

「そう言われても、ねえ……」

レイチェルは再び紅茶に口を付けると、少し困ったように微笑んだ。

「エドゥアール様と誰よりも長い時間を過ごしているのは、他ならぬあなたでしょう？」

「……私は、何も知らなかったもの」

ミレイユはケーキを切り分け、口に運ぶ。

レイチェルの屋敷の使用人はミレイユの好みを熟知している。だから、本当ならとびきり美味しく感じるはずだった。

けれど、今は驚くほどに味がしない。まるで砂を噛《か》んでいるかのようだ。

――知らない。ただそれだけのことが、ひどく苦しい。

「あなた、エドゥアール様のこととなると、そういう顔をするのねぇ。いくら縁談を断られても元気だったのに」

レイチェルは呆《あき》れたようにため息をついた。

「ねぇ。ミレイユは、エドゥアール様のことをどう思っているの？」

「どう、って……」

「異性として好いているのか、ということよ。あの方の想い人を知るということは、婚約を解消したいと思っているのでしょう？　でも、本当にそれでいいの？」

「へ、変なこと聞かないでよ。エドゥアールは、ただの幼馴染みで……」

「けれど、あなたにとっては願ってもない求婚者よ。このまま何も知らずに彼と結婚する選択もあるのではなくて？」

射抜くようなレイチェルの視線を、ミレイユはなぜか、見つめ返すことができなかった。

「そんなの、できるはず……」

ない、と。以前のミレイユなら、そう断言していただろう。

縁談なんて、破談になっても構わない。お互いに無理な結婚をしても不幸になるだけだろうし、ミレイユにはやりたいことがたくさんある。

結婚せずに爵位を継ぎ、軌道に乗り始めた商売を一人で発展させていけばいい。そんな未来を疑いもしなかった。

けれど——今は。

「エドゥアール様の隣に、あなた以外の女性がいてもいい、というのね?」

レイチェルから投げかけられる言葉に、答えられない。

(どうして、私……)

エドゥアールはただの幼馴染みだ。そのはずなのに。

彼の手の感触が、そばにいるときの温もりが、口づけられたときの熱さが、ありありと蘇《よみがえ》ってくる。心地よいとさえ感じている。

ミレイユが答えられないまま黙っていると、レイチェルは困ったように微笑んだ。

「……エドゥアール様の想う方は、あなたもよく知っている女性よ」

唐突に告げられたその言葉に、ミレイユは目を瞠《みは》る。

「レイチェル、それ、どういう……」

「お話し中のところ、誠に申し訳ありません！」

ミレイユがテーブルに身を乗り出した瞬間、温室に一人の使用人が飛び込んでくる。

「ヴァンテイン侯爵家から、迎えの馬車がまいりました。ミレイユ様をお待ちです！」

「あら、時間切れというわけね。残念」

レイチェルはくすりと笑う。

「でも、ちょうどよかった。私からお話しできるのは、このあたりが限界だもの」

「レイチェル、私……」

たぶん、このときのミレイユは、ひどく頼りない顔をしていたのだろう。レイチェルはおかしそうに目を細めると、ミレイユの頰を指できゅっと摘まんだ。

「ほら、そんな顔しないの。あなたはあなたの思うとおりに進みなさい。自分の気持ちに正直にならないと、あとで後悔しても知らないわよ」

レイチェルはそう言うと、帰りたくないと渋るミレイユを、無理やりに侯爵家の馬車に押し込んだ。

ミレイユを乗せ、馬車は暮れ始めた空の下を走りだす。

「……エドゥアール様。私にできることは、ここまでですわよ」

ぽつり、呟かれたレイチェルの言葉が、遠ざかるミレイユの耳に届くことはなかった。

＊　＊　＊

屋敷に戻ったミレイユを待ち受けていたのは、それはもう怒り狂ったエドゥアールによる説教だった。

「君はいったい何を考えているんだ！」

ヴァンテイン侯爵邸の居間に、エドゥアールの怒声が響き渡る。

「貴族の淑女が、ましてや嫁入り前の女性が供も付けず、一人でふらふら出歩くなんて言語道断だ！　一歩間違えば、危険な目に遭っていた可能性だってあるんだぞ！」

だが、ミレイユも負けてはいない。真正面からエドゥアールを見つめるその目に、怯えや恐れといったものは微塵《みじん》も浮かんでいなかった。

「一人で出歩くことには慣れているし、大袈裟《おおげさ》よ！　そりゃ、こっそり抜け出したのは悪かったと思っているけど……あなたが許可を出すとは思えなかったんだもの！」

「当然だろう！　婚約披露を行う舞踏会まで、あと二週間ほどしかないんだぞ⁉　今は君に、少しでもこの家のしきたりや作法に慣れてもらいたいんだ……！」

「……慣れて、それで、どうしようって言うのよ。私に、あなたのお飾りの妻になれっていうの？」

「何……？」

微かな困惑を滲ませた濃灰色の瞳を、ミレイユは静かに見上げる。

「知っているわよ。あなた、好きな人がいるんですって？」

「いったい、何を……」

「誤魔化さないで。有名な話なんでしょう。使用人たちが話していたわよ」

ミレイユはまっすぐにエドゥアールを見据える。最初から、本人に直接聞けばよかった。

「君は、どこまで知っている？」

「私の知っている人だ……って。レイチェルが、そう教えてくれたわ。具体的に誰なのかは、わからないけど……」

「まったく、フェリス伯爵令嬢も、ありがた迷惑というか、なんというか……」

エドゥアールは深々とため息をついた。

「やっぱり、否定しないのね。好きな人がいる、って」

エドゥアールはその問いには答えない。ただ、どこか皮肉げに唇を歪《ゆが》めてみせる。

「それで？　だからって、僕との婚約を解消できるとでも？」

「当然よ！」

ミレイユはキッと眦《まなじり》を吊《つ》り上げ、エドゥアールを睨みつけた。

「あなたが誰を好きだろうと自由よ。だけど、私をそれに巻き込まないで！　私との結婚は、あなたにとって都合のよい隠れ蓑なのではなくて!?」

「……やれやれ。何を言い出すのかと思えば。ひどい誤解だな」

「何が誤解なのよ……！」

「何もかも、全部だよ。話はそれでおしまいかい？　なら、午後のレッスンを始めようか」

エドゥアールは顔色ひとつ変えず、平然とそう言い放つ。

「何よ、それ……」

ミレイユは愕然とした。

「他に想う相手がいるのに、どうしてそんなに私にこだわるの？　私は、あなたにとって都合のいい人形じゃないのよ」

「僕の額に傷をつけたのは君だ。忘れたわけではないだろう？」

「……ええ、そうね」

確かにエドゥアールの額に傷をつけたのは自分だ。

だからといって、心まで踏みにじられる道理はない。

（私がエドゥアールの言葉に従っていたのは、彼を、大切に思っていたからよ）

ミレイユの思いを、考えを尊重してくれる人。誰よりも綺麗で美しい幼馴染み。

額の傷から始まったとはいえ、その友情は本物だったはずだ。

けれど、二人の関係はいつしか変わり果て、こんな形にたどり着いてしまった。

「私は、あなたに利用されるために生きているわけじゃない。……額の傷への償いが必要だというのなら、何年かかっても償うわ。だから、ここであなたとの婚約を解消させて」

「……まさか、僕に逆らおうというのかい」

耳朶を打つのは、今までに聞いたことがないほど冷ややかな声。

エドゥアールは、表情の抜け落ちたような顔でミレイユを見つめていた。初めて目にする表情に、ミレイユはわずかに怯むものの――ぐっと堪え、唇を開く。

「ええ。もう、あなたの言うことは聞かない。今まで幼馴染みでいてくれて、本当にありがとう。愛する人とお幸せにね」

「待て、ミレイユ！」

エドゥアールはミレイユの腕を掴み、その体を引き寄せようとする。

「離して！」

「……っ」

ミレイユの叫びに、エドゥアールが微かに怯んだ。

その隙を突いて、ミレイユは彼の腕を振り払う。そのまま廊下に繋がる扉へと駆け出した。

「ミレイユ⁉　どこに行くつもりだ！」

「どこだっていいでしょう⁉」

ミレイユは勢いよく扉を開け、廊下へと飛び出した。

「少しでも、あなたのために頑張ろうとした私が馬鹿だったわ！」

部屋に残るエドゥアールへと振り向き、そう告げて――ミレイユはその場を走り去ったのだった。

＊　＊　＊

「さて、と。……これから、どうしようかしら」

ミレイユはぽつりと呟く。その周りを取り囲むのは、青々と茂る、幾重もの生け垣。花が咲くもの、咲かないものとさまざまだ。

ミレイユが座り込んでいるのは、ヴァンテイン侯爵家の屋敷の庭の中だった。

啖呵《たんか》を切って部屋を出てきたはいいものの、ミレイユは本当に家に帰るべきかと思いあぐねていた。

　この屋敷からノーマルド伯爵家の邸宅までは少し距離が離れているが、歩いて帰れないわけではない。それでもミレイユが躊躇《ためら》い、ここでぐずぐずしているのには理由がある。

（……だって、あのとき）

　振り向いたミレイユの視線の先。エドゥアールが、傷ついたような顔をしていたから。

　どうしてもそれが気になってしまい、侯爵家の屋敷から離れることができなかった。

（あれじゃ、まるで私が悪いみたいじゃない）

　傷ついているのは――泣きたいのはミレイユの方だ。

（私だって……本当は）

　――本当は、なんだろう？

　ミレイユは膝を抱え、体を丸める。大好きな緑に囲まれているはずなのに、なぜかじわりと涙が浮かび、柔らかな頬を伝い落ちていく。

（……エドゥアールと喧嘩《けんか》するのって、初めてだな）

　ちょっとした口論なら、子どもの頃から数えきれないほどある。大抵はエドゥアールが折れて、丸く収まっていた。

（向こうが譲らないことは、額の傷を持ち出されてたのよね）

そう考えると、今までそれなりにうまくやってきていたのかもしれない。

でも、もうお互いに子どもではない。現に今、エドゥアールの好きな女性というのが誰なのか、まったく見当がつかないのだから。

たくさんの話をして、長い時間を共に過ごした幼馴染みでも、わからないことはある。

(そんなの、当たり前なのに)

どうして、こんなに涙が出るのだろう。

あの日、使用人の話を聞かなければ、こんな気持ちにはならなくて済んだのだろうか？

でも——何も知らずにエドゥアールと結婚したとして、それは本当に幸せと言えるのだろうか？

答えのない問いを繰り返し続けて——不意に、レイチェルの言葉が蘇った。


——あなたはあなたの思うとおりに進みなさい。


「私は……エドゥアールと……」

そう呟いた、そのとき。がさりと近くの生け垣が揺れた。

「……今日の隠れ場所はここかい、ミレイユ」

「エドゥアール……」

まさか、見つかるとは思わなかった。だって、今回の潜伏場所は、侯爵家の中でも滅多に人の立ち入るような場所ではない、庭の隅のさらにその端っこだ。

「いったい君は、僕の家にどれだけの秘密基地を作っているんだ。おかげで探すのにも骨が折れたよ」

エドゥアールは疲れきった様子でミレイユの隣に腰を下ろす。

どんな顔をすればいいのかわからず、ミレイユは膝を抱え、エドゥアールから顔を逸らしていた。

暮れていく日の、少し冷えた風が頬を撫でる。

一言も言葉を交わさないまま、どれくらい座り込んでいただろう。

「ミレイユ。……こっち向いて」

「……嫌」

「お願いだから」

「……嫌なものは、嫌」

「どこまで強情なんだ、君は」

エドゥアールが盛大にため息をつく。ミレイユはなおも彼から顔を背けていたが、大きな手が強引に彼女の頰に触れ――。

「……泣いてたの？」

「別に」

「目が腫《は》れてる。それに、涙の跡も」

エドゥアールの唇が、ミレイユの頰に触れた。涙の跡をなぞるように、優しく。

「ちょっと、やめ……」

「嫌だ」

抗議しようと振り向いたミレイユの顔を両手で挟み込み、エドゥアールがキスをする。

唇と唇が重なる感触に、ミレイユの体が微かに震えた。

（……どうして）

切なくなるくらい、優しいキスだった。

繊細なガラス細工を扱うかのように、エドゥアールはミレイユの唇を愛撫する。触れた場所から伝わる熱が、その優しさが嘘ではないと雄弁に伝えていた。

やがて、唇を離したエドゥアールは、真剣な眼差《まなざ》しでミレイユの顔を覗き込んだ。

「僕の想い人については、いずれ必ず、君に話すよ。だから、今はこれだけは覚えていてほしい。……僕が結婚したいのは君だ。君だけだ、ミレイユ」

「……わかった」

ミレイユはこくんと頷く。

エドゥアールの言葉に納得したわけではない。けれど、自分の気持ちと向き合ったとき、彼のそばにいたいと思ったことだけは、本当だったから。

「ただし、ひとつ条件があるわ。……婚約発表の日までには、すべて教えて」

「ああ、約束するよ」

エドゥアールは重々しく首肯すると、ミレイユの体を抱き上げ、もう一度キスをする。

その腕も、唇も、何もかもが優しくて。

だから、わかってしまった。

自分の気持ちが――どうしたいのかが。

（エドゥアールの、馬鹿）

だけど、ミレイユは彼が好きだ。子どもの頃から、誰よりも、何よりも。

だから、こんなに悲しくて――愛しい。

「……今日のところは、許してあげる」

ミレイユはエドゥアールの首に腕を回し、銀糸のような髪に顔を埋めるのだった。

三章

エドゥアールとの口論の翌日――。

「話は聞いているわ、ミレイユ。昨日は本当にごめんなさいね」

「いえ、そんな……！」

その日の午後は、ルイーズ夫人とお茶をする約束をしていた。

中庭に面したガラス張りのサンルームに現れるなり、悲痛な表情で駆け寄ってきた夫人に、ミレイユはひたすら恐縮するばかりだった。

「いいえ、こういうことはしっかりと話し合わないと。簡単に許してしまったら、エドゥアールがどんどん調子に乗ってしまうわ。ここはビシッと言ってやらないと！」

まるで自分のことのように怒ってくれる夫人を見て、ミレイユは微笑する。昔から、彼女のこういうところが好きだった。

「だいたいあの子ったら、ようやくあなたと結婚できるからって、浮かれすぎなのよ」

「それは……どうなんでしょう？」

浮かれている、なんて、エドゥアールからは縁遠い言葉ではないだろうか。

「いいえ、これは母としての確信よ」

曖昧《あいまい》に微笑《ほほえ》むミレイユに、侯爵夫人は力強くそう断言する。

「何しろあの子、感情表現が下手でしょう？　侯爵家の跡取りとして常に冷静であれ、本心を見せてはならない……夫がそんな風に教えたせいで、子どもの頃から笑顔でいる癖がついてしまって」

侯爵夫人は深々とため息をつく。

「でも、あなたにまで本心を隠す必要はないじゃない。誰にも奪われたくないのなら、正直にそう言えばいいのよ。まったく、頭はいいくせに、肝心なところで情けないんだから」

「ええと……すみません、おばさま。おっしゃる意味がわからないのですけれど」

何やら、認識に大きな相違がある気がする。

ミレイユが困惑した面持ちでそう尋ねると、侯爵夫人は「あら？」と首を傾《かし》げた。

「伯爵家を訪問させていただいたとき、エドゥアールはあなたになんと伝えたの？　まさかとは思うけれど、あの子、何も話していないのではないでしょうね？」

「二年ぶりに帰国したので挨拶《あいさつ》に伺った、と」

「他には?」

「え、ええと……」

続きを促す侯爵夫人へ、ミレイユは言葉を濁《にご》す。二人の結婚を喜んでくれた相手に、実は利害関係の一致でした、とは言いづらい。

「遠慮はいらないわ。正直に、素直に話してちょうだい!」

「……侯爵家を継ぐにあたり、身を固めたい、と。そのためには、幼い頃からお互いをよく知っている私が最適だ、と言われました。それで、私も縁談を断られたばかりでしたので、色々あって、エドゥアールの申し出をお受けすることになりまして……」

エドゥアールの想い人云々《うんぬん》については、さすがに伏せておくことにした。侯爵夫人が怒るのが目に見えていたし、何より、それは二人の問題だと感じていたためだ。

「なんてこと! 本当にそれだけなの!?」

侯爵夫人は頭を抱え、大仰に嘆き始めた。その様子に圧倒され、ミレイユは何度も瞬《まばた》きを繰り返す。

「肝心なことは何も言っていないじゃない! まさかあの子がこんなに臆病だったなんて、ああ、情けない! 育て方を間違えたわ!」

「お、おばさま……?」

ミレイユはおそるおそる声をかける。

「いい、ミレイユ。あの子はね、あの日、あなたに求婚するために伯爵家へ行ったのよ」

「はあ……」

ミレイユが言葉の真意を摑《つか》みかねていることを見て取ったのだろう、侯爵夫人はもどかしそうに幾度も首を振った。

「ああ、もう！　そうじゃない、そうじゃないのよ！　あなたと結婚したいから、伯爵家の屋敷へ、あなたを迎えに行ったの！　エドゥアールは、ずっとあなたのことが……」

「そこまでです、母上」

侯爵夫人の言葉を遮《さえぎ》ったのは、サンルームに姿を現したエドゥアールだった。

「あら、帰っていたの？」

「ええ、先ほど」

「もっとのんびりしていてくれても構わないのに……」

突然の闖入者《ちんにゅうしゃ》に、侯爵夫人は不満を隠そうともしない。エドゥアールは近衛騎士の仕事の引き継ぎだと言って、朝から王宮に出かけていた。

「あまり家を空けると、母上がミレイユを甘やかしてしまいますからね」

「余計なことは言うなということ？　エドゥアール、あなた、随分と偉《えら》くなったものねえ」

「これでも侯爵を継ぎましたので」

（こ、怖い……）

眼前《がんぜん》で繰り広げられる母と息子のやり取りに、ミレイユは冷や汗が出るのを感じた。

二人の会話の内容の意味はわからない……が、他でもないミレイユに関することだというのだけは理解できる。だからこそ、余計に恐ろしかった。

「……わかったわ。きちんと自分の口から話すというのなら、今回は引き下がってあげましょう。エドゥアール、それでよろしくて？」

「ええ、必ず」

最終的に、二人のやり取りはルイーズ夫人が譲歩することで一応の終息を見せた。

「……ミレイユ」

「な、何っ？」

エドゥアールから急に名前を呼ばれ、ミレイユは思わず背筋を正した。

「明後日から、視察のためアレノーに行く。婚約者として、君も同行してほしい」

「アレノー……というと、南部の丘陵地ね」

ここ最近のレッスンで、何度か名前を聞いた覚えがある。確か、ヴァンテイン侯爵家が治める領地の中でも、果樹園が多い地域だったはずだ。

「でも、随分と急な話ね。あなたのことだから、残り二週間はみっちり教育期間にする……なんて言うと思っていたのに」

「もちろん、これもレッスンのうちだよ。侯爵夫人としての予行練習を行うのにはうってつけの機会だからね」

お手並み拝見といこうか、とエドゥアールは口の端を持ち上げる。

「それに、君にとっても学びの多い場所だと思うよ。準備はこちらで整えるが、特段必要なものがあれば使用人に伝えてくれ。できる限り希望に添えるようにしておくから」

「ええ、わかったわ」

「エドゥアール、用事が済んだのなら、さっさと出ていってちょうだい。わたくしはこれから、ミレイユとゆっくりお茶を飲むのだから」

二人のやり取りが一段落するなり、ルイーズ夫人はエドゥアールを厄介払いするように手を振ってみせた。

「ええ、承知していますよ。ですが、くれぐれも、不必要なことを口になさらないようにお願いします」

エドゥアールは皮肉げに肩を竦《すく》めると、念を押すようにそう言ってからサンルームを退出した。

「まったく、我が息子ながら、誰に似たのかしら」

夫人は大きなため息をつくと、一転、笑顔でミレイユへと向き直る。

「では、お茶にしましょう。余計な話が長くなってしまったけれど、ここからは楽しく、のんびりとおしゃべりしましょうね」

夫人の言葉を合図に、使用人がティーセットの準備を始める。

繊細な図案が描かれたティーカップに紅茶が注がれ、室内に馥郁《ふくいく》とした香りが漂う。三段のティートレイには、ミレイユが屋敷に来た日に食べたものと同じパルミエの他、サンドイッチやシンプルなパウンドケーキ、ナッツの練り込まれたスコーンなどが乗っていた。

「あの、おばさま。よろしければ、我が家から届いたジャムを味見しませんか？」

ミレイユは、持参した小さな瓶《びん》をそっと差し出す。

「私が育てていたブルーベリーで作ったものなのです。侯爵家で食べているものに比べて、見劣《おと》りするかもしれませんが……」

「まあ、よろしいの⁉」

ミレイユの申し出に、夫人は思いのほか喜んでくれた。

「でも、あなたがずっと楽しみにしていたのでしょう？」

「こういうものは、独り占めしても味気ないだけですわ」

ミレイユは笑顔で頷《うなず》く。

「それに、このパルミエもそうですけれど、おばさまは色々と美味しいものをご存じでしよう？　ぜひとも、忌憚《きたん》のないご意見をいただきたいのです」

「なるほど、あなたが取り組んでいるという商売に活かすのね。素敵《すてき》！　それでは、あなたの役に立つよう、しっかりと味見させていただきましょう」

そうして二人は、お茶を楽しみつつ、他愛のない話に花を咲かせたのだった。

＊　＊　＊

石畳で舗装されたなだらかな道を、一台の馬車が進んでいく。

空は雲ひとつない青空だ。覗《のぞ》き窓から切り取られた空高く、一羽の鳥が飛んでいくのが見える。

その姿を逃すまいと窓を覗き込んだミレイユの耳に、微《かす》かな笑い声が届いた。

「今度は何を見つけたんだい？」

声の主は、ミレイユの隣に座るエドゥアールのものだ。

二人は今、ヴァンテイン侯爵領のひとつであるアレノーへと向かっていた。王都から南へ、馬車で半日ほどの距離だ。

「鳥が飛んでいたの。姿はよく見えなかったけれど、初めて見る色をしていたわ」

ミレイユがそう言うと、エドゥアールはこの地方でよく見られる鳥について教えてくれた。

「アレノーは海が近いから、渡り鳥も見かけるよ。このあたりは温かいから、鳥たちが子育てをするのに最適なんだ」

「私、渡り鳥を見るのは初めてよ！　次に鳥を見かけたら、もっとよく観察しなきゃ」

「僕にとっては慣れた道のりだけど、君にはたくさんの発見があるみたいだね」

「ええ。アレノーに来るのは初めてですもの」

ミレイユは再び窓の外へ視線を向けた。貴族の生活は領地と王都を行き来するのが常だ。男性であれば公務などで別の場所に赴くこともあるだろうが、女性にはそういう機会も少ない。せいぜい、家族で王都近郊の避暑地に出かけるくらいだろうか。

なので、ミレイユはアレノーへ向かう日を楽しみにしていた。とはいえ、エドゥアールに素直に打ち明けるのは恥ずかしい。子どものような振る舞いだと笑われるに決まっているからだ。

「それだけ喜んでくれるのなら、連れてきた甲斐《かい》があるよ」

もっとも、そんなミレイユの気持ちなど、エドゥアールはとっくの昔にお見通しのようだったが。

ミレイユは彼の言葉には答えず、窓の外を食い入るように見つめていた。

遠くにはなだらかな丘、まばらに生える低木。斜面に作られた畑で、農民が作業する姿もちらほらと見える。何もかもが新鮮で、どれだけ眺《なが》めていても飽《あ》きない。

(理由はそれだけじゃないけど、ね)

ミレイユはそっと嘆息する。

先日、侯爵夫人とお茶を共にした際に話した内容が、頭の隅に残ったままなのだ。

――エドゥアールは、ずっとあなたのことが……。

あの言葉の続きは、いったいなんだったのだろう?

エドゥアールにしっかりくぎを刺されたため、ルイーズ夫人がその言葉に言及することはなかった。ミレイユも、最初はそれほど気にしていなかった。

けれど、時間が経てば経つほど、疑問は膨らんでいく。

(それに……エドゥアールの想い人についても、わからないままだわ)

試しに、完璧なまでの笑顔の裏側に隠された真意を読み取ろうとしても――。

「そんなに僕のことをじっと見つめるなんて……おねだりが上手だね、ミレイユ」

などと、口づけられて、時には淫《みだ》らな戯《たわむ》れまで交えて、誤魔化されてしまう。アレノーに出立するまでの二日間で、それを何度繰り返したことか。

（昔は、もう少し色々とわかった気がするんだけど……）

エドゥアールも、成長と共に、本心を覆《おお》い隠すのが巧みになっているのだろう。

（……ああ、もやもやする）

何しろ、ミレイユは自分の気持ちに気が付いてしまった。

エドゥアールのことが好きだ。できることなら、本当は、誰にも渡したくない。

でも、彼はミレイユではない、別の誰かを愛していて。それなのに、わざわざミレイユへ求婚するために、遊学から帰国するなり伯爵家を訪れたのだ。

（エドゥアールは、いったい何を考えているの？）

ミレイユはそっとエドゥアールへ視線を向ける。

「どうしたの？　また何か見つけた？」

「……ううん、別に」

細心の注意を払っていたはずなのに、すぐに気付かれてしまった。手ごわい幼馴染《おさななじ》みに、ミレイユは再びため息をつく。

——と、おもむろに、頬へエドゥアールの唇が触れた。

「な……！」

「あれ、違ったの？　構ってほしそうに見えたんだけどな」

悪戯《いたずら》っぽく笑うエドゥアールに、ミレイユはかぁっと頬を赤らめた。

「もう！　そうやって、すぐにからかうんだから！」

「失礼だな、僕は真面目なのに」

言葉とは裏腹に、エドゥアールはくつくつと喉を震わせる。

（ああ、もう！　どうしてそんな顔で笑うのよ！）

いちいち反応していては、エドゥアールの思うつぼだ。わかっているのに、意識するのを止められない。

彼の唇の感触に、伝わる熱に、胸は高鳴る一方で。

（エドゥアールの馬鹿！　私の気持ちも知らないで、勝手なことばっかり……！）

ふい、と横を向いたミレイユの頬へ、大きな手が触れる。エドゥアールは少し強引な手つきでミレイユの顔を自分の方へ向けると、今度は唇と唇を重ねた。

「ん……っ」

食《は》むような愛撫から、柔らかな唇をちゅっと音を立てて吸われる。それだけのことで、体が甘く震え始めるのを抑えられない。

幾度となく繰り返された淫らな行為は、ミレイユの意思とは裏腹に、その快楽を肉体へと教え込んでいた。

微かに開かれた唇から、熱い舌が差し込まれ、ミレイユの舌を絡め取る。

擦られ、しごかれ、吸われ……丁寧な愛撫に、たちまち体中が熱くなっていく。この後、与えられるであろう快感を待つように。

「やぁ……こんなところで、だめ……」

「大丈夫。君が声を出さなければ気付かれないさ」

「そういう問題じゃ……っ」

エドゥアールの手が服越しにミレイユの胸元へ触れた。柔らかな膨らみに、骨ばった指がゆっくりと沈んでいく。

「あ、あ……」

「ほら、声出さないで」

ミレイユは必死に唇を閉じ、声を抑えようと努力する。

けれど、エドゥアールは胸の膨らみをやわやわと揉《も》んだかと思えば、指先で胸の先端を探し当て、円を描くように擦り始めた。

「……っ、あ、あっ！」

淫らな嗜《たしな》みを教え込まれた体は、エドゥアールの愛撫を受け、敏感なまでに刺激を拾い上げる。胸の先端はたちまち凝り、もはや服の上からでもわかるほどだ。

「ああ、いやらしいね。もうこんなに硬くして」

エドゥアールの熱い吐息が耳朶に触れる。

「やめ……っ、も、しないで……」

制止の言葉は嬌声と入り混じる。やめてほしいのに、やめてくれない。その事実が、ミレイユの羞恥《しゅうち》をますます煽《あお》り立てた。

「……こうされたら、もっと気持ちよくなるかな？」

エドゥアールの指が、胸の先端をきゅっと摘まみ上げた。ミレイユはびくん、と体を震わせる。

「やだ、やっ……！」

「声、大きくなってるよ。このままだと御者に気付かれちゃうかな」

どうする？　と、エドゥアールが囁《ささや》いた。意地悪なその言い方に、ミレイユの目の端に涙が浮かぶ。

こんなはしたない場面を他人に見られたら、羞恥のあまり死んでしまうかもしれない。

なのに――どうして、体はますます昂《たかぶ》っていくのだろう。

下腹部にわだかまる熱がもどかしくて、擦り合わせた太腿。その隙間から、濡《ぬ》れた感触が伝わってくる。

エドゥアールに触れられることが、嬉《うれ》しい。

全身が、隠しきれない喜びに打ち震えている。

恥じらいに頬を染めるミレイユを満足そうに見やると、エドゥアールは彼女の首元に手を伸ばし、ブラウスのボタンをひとつずつ外し始めた。

露《あら》わになった首筋をなぞるように、彼の唇が下へ、下へと向かっていく。

「ちょ……っ、何して……っ」

鎖骨のくぼみを舌でくすぐられ、ミレイユは言葉にならない声を漏《も》らす。

「声、出ちゃう……やだぁ……っ」

「なら、これで塞《ふさ》ごうか」

エドゥアールはミレイユの口の中へ、その長い指を差し込んだ。

「舐《な》めて」

他に選択肢はない。言われるがまま、エドゥアールの指へ舌を這《は》わせる。おそるおそる舌を動かすと、エドゥアールはどこか満足そうな吐息を零《こぼ》した。

「ふふ、可愛いね」

囁かれた際に、露わになった肌へ吐息がかかる。たったそれだけのことですら、今のミレイユには耐えられないほどの刺激だ。

当然、エドゥアールの責めはそれだけでは終わらない。

「んんっ……！」

ミレイユがひときわ高い声を上げたのは、エドゥアールがコルセットの紐を緩め、シュミーズに覆われた胸元部分を強引に引き下げたためだ。

まろび出た胸の膨らみは、先端部分が真っ赤に充血し、ぴんと凝っている。

エドゥアールはミレイユの胸元に顔を近付けると、おもむろに胸の頂《いただき》へと吸い付いた。

「んっ……ふ、ぅ……っ」

先ほどまでとは比べ物にならないほどの強烈な刺激。

指を差し込まれたままの唇から、くぐもった嬌声が零れる。口の端から唾液が伝い、ミレイユの頬を濡らした。

エドゥアールは空いた手でスカートの裾をまくり上げると、ミレイユの足の付け根へと指を忍ばせた。

ドロワーズの上からでもわかるほど、そこは既《すで》にしっとりと濡れている。

「ここも、ほら……こんなに。すごく、可愛いね。それに……いやらしい……」

エドゥアールの長い指が、布越しに花弁のような秘裂をなぞっていく。ゆっくりと、愛おしげなその動きに、ミレイユの胸がきゅうっと締め付けられた。

「や、ぁ……」

そんな風に触らないで。本当は、そう伝えたい。エドゥアールの指に触れられていると考えるだけで、どうしようもないくらいに感じてしまうから。

でも、口が裂けても、そんなことは言えない。一言でも口にすれば、きっと、胸に秘めた自分の気持ちがすべて白日の下に晒《さら》されてしまう。

だから、ミレイユはただ、いやいやと首を振るしかなかった。

「このままじゃ君もつらいだろう？　一度、達してしまおうか？」

エドゥアールはそう囁くと、ドロワーズの上から探り当てた花芯を擦り始めた。

「んんっ、ぁ……っ」

布越しの刺激は、直接触られているのとは違った快感がある。

そのうちに、閉じた瞼《まぶた》の裏が、ちかちかと瞬き始めた。同時に、下腹部の奥からじんわりとした熱が全身に広がり、ミレイユの体は緩やかに高みへと押し上げられた。

いつものように激しく、きつい刺激ではないからだろうか。えもいわれぬ喜悦が尾を引くように長く、長く続いている。

「ここ、ヒクついてるよ。そんなに気持ちよかったんだ？」

布越しに秘肉を撫《な》で上げ、エドゥアールが吐息のようにそう囁く。

「君の内側も、何もかも、もっともっと快《よ》くしてあげたいけれど……それは、後の楽しみに取っておこうか。君にも心の準備が必要だろうし、ね」

ミレイユの唇からするりと指を抜き、エドゥアールは濡れた指先を舌で舐め上げた。まるで、見せつけるように。

その仕草がひどく淫猥《いんわい》で、けれどどうしようもなく美しくて――。

（……人の気も知らないで）

複雑な恋心を持て余すように、ミレイユは胸中でそう独り言《ご》ちるのだった。

＊＊＊

アレノーに到着する頃には、すっかり日が傾《かたむ》いていた。

（ひどい目に遭ったわ……）

散々に嬲《なぶ》られ、快楽の極みへと押し上げられた後、ミレイユは疲れからぐっすりと眠り込んでしまった。おかげで昼食は食べ損ねたし、途中の風景も全然見られていない。

服の乱れはエドゥアールが完璧に直してくれていたので、恥をかかなかったのだけが救いだろうか。もっとも、馬車の中でのことが露見したら、ミレイユは今度こそ、即座に婚約を解消していたかもしれないが。

「さて、では行こうか」

渋々ながらもエドゥアールの手を取り、ミレイユは馬車を降りる。一応、新しい侯爵の婚約者として同行している身だ。ここで彼に反目した態度を見せても、どちらの得にもならない。

（まったく、私の物わかりの良さに感謝してくれてもいいくらいだわ）

……などと、胸中で少しばかり毒づいていたのだが。

「わぁ……！」

目の前に広がる、アレノーの町。その風景が視界に入った途端、ミレイユは先ほどまでの怒りなんてすっかり消えてしまうのを感じた。

なだらかな丘に沿うように造られた街並み。特に傾斜のきついところは果樹園になっており、規則的に木々が植えられているのが見える。高台にはいくつかの風車が建てられ、大きな羽根が緩やかに回転していた。

栄えている町ではないということは、連日のレッスンの中で、既にエドゥアールから教わっていた。

だから、ミレイユはノーマルド伯爵領のような光景を想像していたのだが、まるで違う。森に覆われ、どこか鬱蒼《うっそう》とした故郷とは異なり、空も大地も、どこまでも遠くへ広がっているかのようだ。

「すごい、すごいわ！　私、こんな景色を見るのは初めてよ！」

思わず素直にそう口にしてしまい、ミレイユははっと目を瞠《みは》った。子どもみたいだ、とからかわれるのではないかと思ったのだ。

「喜んでもらえたのなら、君を連れてきた甲斐《かい》があるというものだね」

しかし、エドゥアールはただ優しい笑みを浮かべ、ミレイユを見つめるだけ。その表情の美しさに、ミレイユはつい見惚《みと》れそうになってしまった。

「エドゥアール様……いえ、今は侯爵閣下でしたな。このたびは、ご足労いただきありがとうございます」

馬車を降りた二人に声をかけたのは、宿の前で待つ一人の男性だった。エドゥアールから、アレノーの町長だと説明される。

二人は彼の案内に従い、用意された部屋へと向かった。

歴代侯爵が宿泊するために作られたというその部屋は、居間と寝室の二間続き。こぢんまりとしているものの、上品な家具でまとめられ、快適に過ごせそうだった。

「はぁ、今日はさすがに疲れたわ……」

居間に置かれた長椅子《いす》に腰を下ろすと、一気に疲れが押し寄せる。ぐったりと背もたれに体を預けるミレイユの姿に、エドゥアールはくすりと微笑んだ。

「馬車の中では、あんなにぐっすり眠っていたのに？」

「それは、あなたが変なことをするからでしょう！」

「変なこと？　気持ちいいことの間違いじゃなくて？」

こういう口論には、どうしたって敵《かな》わない。ミレイユは反論する代わりに、長椅子に置かれていたクッションを投げつけた。

エドゥアールは笑いながらクッションを受け止めると、ミレイユの隣へ腰を下ろす。

「明日と明後日、二日かけてアレノーを見て回ることになるけれど、ミレイユはどこか見たいところはあるかい？」

「それなら、私、絶対に行きたいところがあるの！」

アレノーは果樹栽培が盛んな町だ。特に、葡萄《ぶどう》やオレンジの生産量が多いという。

「以前からオレンジの木を見てみたかったの。王都ではよく食べているけれど、実際に果実が生っているところを見たことはなかったから」

ミレイユの興味は、それだけに留まらない。

「それに、ここではビターオレンジの木も栽培しているのでしょう？　あの木は特別で、実からも、花からも、枝からも精油を作るのよ！　それから……」

「ははっ、君は本当に植物のこととなると本気だね」

エドゥアールは楽しそうに笑うと、ミレイユの頭を優しく撫でた。

「もともと、果樹園の視察は予定に組み込んでいたけれど……君のために、特に時間をかけるとしようか。詳しく案内できる人間も呼んでおくよ。それでいいかい？」

エドゥアールの言葉に、ミレイユは満面の笑みを浮かべた。

「ありがとう、エドゥアール！　ああ、明日が待ち遠しいわ」

「どういたしまして」

エドゥアールは満足そうに目を細めると、ミレイユの頬に口づけた。

「ちょ、ちょっと！」

ミレイユは慌てて椅子から腰を浮かせた。今日は馬車の中で散々に弄《もてあそ》ばれたのだ、これ以上淫らなことをされてはたまらない。

「大丈夫、頬だけで我慢しておくよ。明日に備えて、お互いに休んでおかないとだしね」

「なら、いいけど……」

ミレイユが長椅子へ座り直すと、エドゥアールは彼女の額へ唇を寄せた。

額の次は再び頬へ、その次は唇へ。ついばむような口づけを繰り返される。

「もう、やめてってば。くすぐったい」

エドゥアールの唇が触れるたびに、胸が子兎《こうさぎ》のように跳ねる。誤魔化すように、ミレイユはわざと不機嫌な声を出してみせる。

「これくらい、別に構わないだろう？」

エドゥアールはミレイユの耳朶を柔らかく食むと、耳元でそう囁いた。

「んっ……もう、頬だけで我慢するって言ったでしょう」

熱い吐息が耳朶に吹き込まれ、ミレイユは微かに体を震わせた。

「仕方ない。今日はここまでにしておこうか。僕だって、何も君に意地悪ばかりしたいわけじゃないからね」

エドゥアールはもう一度ミレイユの頬へキスを落とすと、長椅子から立ち上がった。

ほんの少し、物足りないような。そんな気持ちを、ミレイユはため息をついて誤魔化す。

「僕はこれから明日の打ち合わせをしてくる。何か運ばせるから、君は夕食までここで休むといい」

「ええ、わかったわ」

ミレイユが頷くと、エドゥアールは部屋から出ていった。

(明日は、素敵な一日になりそう)

長椅子から立ち上がると、ミレイユは部屋の窓を開けた。

外から吹き込む風の匂《にお》いも、王都や故郷とはまるで違った。乾いた、けれど爽《さわ》やかな香りの風を吸い込むと、知らない土地に来たのだと、改めて実感する。

期待に胸を膨らませ、ミレイユは稜線《りょうせん》の向こうへ沈む太陽を見つめるのだった。

＊　＊　＊

「エドゥアール様、ようこそいらっしゃいました！」

アレノーに着いた翌日。ミレイユはさっそく、エドゥアールと共に町にある果樹園のひとつを訪れていた。

出迎えてくれたのは、この果樹園を取り仕切っているという年配の男性だった。

「初めてお会いしたときはまだ幼くていらっしゃいましたのに、いつの間にか爵位を継ぐほど立派になられて……。私も年を取るわけです」

管理人である彼とエドゥアールは面識があるようで、親しげに話している。

しばらくはミレイユもおとなしく二人の会話を聞いていたのだが、そのうち、気付かれないようにそっと周囲を見回し始めた。

町の南側に広がる丘陵地には、オレンジの木が一面に植えられていた。

今はちょうど花の季節。小ぶりな白い花が緑の木々を可憐《かれん》に彩っている。

「妻が待ちきれないようなので、そろそろ果樹園を見せてくれるかい？」

そわそわと落ち着きのないミレイユに気付いたのだろう、エドゥアールが、苦笑と共にそう告げる。

「ええ、もちろんですとも」

管理人は笑顔で頷くと、果樹園の中を先導して歩き始めた。

「ちょっと、まだ妻になったわけじゃないわよ」

ミレイユは小声で言うと、エドゥアールを肘でつつく。

「些細《ささい》な問題だろう？　どちらにしろ、もうすぐ本当になることだ」

「その前に、私に話すことがあるんじゃない？」

「さあ、なんのことかな？」

「もう！　誤魔化さないでよ！」

「はいはい、そのうち必ず、ね」

（本当にわかってるのかしら……）

エドゥアールの隣を歩きながら、ミレイユはなんとも釈然としない気分になる。

こうして二人で過ごしていると、まるで昔のように親密な時間がたびたび訪れる。このままずっと、彼といたい。そう感じるほどに。

でも――エドゥアールには、好きな人がいるはずだ。ミレイユではない、他の誰かが。

（……なのに、どうしてそんな風に笑うの？）

エドゥアールの優しさが、嬉しくて、苦しい。

ただの幼馴染みのままでいられれば、こんな思いはしなくて済んだのに。

「照れてるのかい？　可愛いね」

ミレイユの沈黙をどう受け取ったのか、エドゥアールがおもむろにミレイユの片手を取り、その指先にキスをする。

「お二人とも、大変に仲がよろしいのですね」

先を行く管理人が、微笑ましげに振り返る。

「そう見えるかい？　何しろ、付き合いの長い幼馴染みだからね」

「ああ。では、エドゥアール様がいつも話しておられるお嬢様が、そちらの方なのですね。得心いたしました」

（いつも……？）

自分のいないところで、いったいどんな会話が交わされていたのだろう。エドゥアールをじっと見つめると、彼はミレイユからさりげなく視線を逸《そ》らした。

「まあ、今はその話はいいだろう」

「そうはいきませんよ。何しろ、アレノーの果樹園がこれほどの収穫量を誇《ほこ》るようになったのは、エドゥアール様、ひいてはミレイユ様の功績に他ならないのですから」

「あら、それはどういうこと？　よければ、詳しく伺《うかが》いたいのだけれど」

「ええ、もちろんです」

笑顔で頷く責任者とは対照的に、エドゥアールは深々とため息をついている。

「アレノーはもともと果樹の栽培が盛んな土地でした。ですが、十年ほど前までは、病や虫害などで収穫量が不安定なこともあったのですよ。それを改善したのが、他でもないエドゥアール様というわけです」

「まあ、そうなの！　……でも、それと私に、なんの関係があるの？」

「エドゥアール様が、さまざまな国で用いられている栽培方法や肥料、使用する薬について、とても詳しくなられたのです。なんでも、親しいご友人とお話されるのに、色々と学んでおられたということで。そのご友人というのは、恐らくミレイユ様でしょう？」

「……そうなの？」

「………そうだよ」

エドゥアールは、ミレイユから視線を逸らしたまま頷いた。心なしか、その耳が赤く染まっているような気がする。

（エドゥアールが、照れてる……？）

こんな顔もするのか、と。ミレイユは驚きに目を瞠り幼馴染みの横顔を見つめた。

「ほら、ミレイユ。僕の顔なんかよりも、見るべきものはたくさんあるんじゃないか」

エドゥアールはミレイユの視線を避《さ》けるように手を振った。今までなら険のある言葉に聞こえていたそれも、照れ隠しだとわかると受ける印象が違う。

（なんか、可愛いかも）

くすっと笑ったミレイユを、エドゥアールが苦々しい面持ちで睨《にら》みつけた。

「ミレイユ。……あとで後悔しても知らないよ」

「何よ、それ。どういう意味？」

「まあまあ。お二人とも、落ち着いてください」

いがみ合う二人を、苦笑した管理人が仲裁する。

「本はと言えば、私が余計なことを口にしたのが原因です。エドゥアール様、どうか、咎《とが》であれば私にお申し付けください」

「いいや、君はよくやってくれている。咎などあるはずがないだろう」

エドゥアールはあきらめたように首を振る。

「ミレイユ、僕は事務所で最近の出来事についての報告を受けることになっている。君はこのまま、彼に果樹園を案内してもらうといい」

そう告げるや否《いな》や、エドゥアールはくるりと踵《きびす》を返し、早足で、少し離れた場所にある建物へと歩いて行ってしまった。

「もう。何よ、エドゥアールったら」

「いやはや、まさかエドゥアール様があれほど動揺されるとは思いませんでした。申し訳ございません」

「そんな、あなたが謝る必要はないわ」

悪いのは全部エドゥアールだ。ミレイユが悪戯っぽく微笑むと、管理人もまた、温厚な笑みを浮かべる。

「そう言っていただけると幸いです。では、改めて、果樹園をご案内させていただきます。ミレイユ様は植物にとてもご興味がおありだと伺っておりますが、気になるものはございますか？」

「気になるもの……といえば、全部気になるけれど、最初にオレンジの花について伺えればと思います。私、オレンジの花から作られる精油が好きなのです」

「ネロリ……ビターオレンジの花ですね。でしたら、まずはそちらにご案内しましょう。それから、実際に精油を抽出している工房をお見せしますね」

「まあ、工房まで案内していただけるの⁉　素敵！」

「ええ、もちろん。ミレイユ様は、精油を元に、化粧品を作られていらっしゃるのですよね。工房の者たちも皆、ご訪問を心待ちにしていたのですよ」

どうやら、事前に色々とエドゥアールが手配してくれていたようだ。

ミレイユは管理人の案内で、心ゆくまで果樹園を見て回るのだった。

＊　＊　＊

果樹園の広大な敷地には、たくさんの木々が植えられていた。

主に栽培されているのはオレンジ。これは王都をはじめ、レンディアス王国の各所に出荷され、人々の食を豊かにしている。国外にも輸出しており、ヴァンテイン侯爵領では外貨の獲得材料として大切な生産物のひとつだ。

また、敷地の一角に植えられたビターオレンジは、花、実、枝葉のどれからも精油が取れる植物として珍重されている。実は薬や酒の材料としても使われていた。

「ネロリの精油を抽出するために、たくさんの花を使うことは、私も知っていたけれど……まさか、あんなに必要だとは思いませんでした。やっぱり、本で読んだだけでは、本当の意味で学んだことにはなりませんね」

工房をひととおり見学し終えたミレイユは、ほう、と感嘆のため息を漏らした。

今日だけで一生分の運を使った気がする。そう感じるほどに、実りの多い時間だった。

ミレイユも精油を抽出するための簡素な器具を所持しているが、やはり、本格的な施設に置かれているものは段違いだ。抽出用の器具に投入されるビターオレンジの花の量は圧巻の一言で、見ているだけで心が浮き立つのを抑えられなかった。

「ああ、素敵なものばかり見せていただきました。本当に、ありがとうございます」

「そんなにも喜んでいただけて、こちらとしても光栄の極みです。またいつでもいらしてください。季節によって、見られるものもまったく違いますから」

「ええ、ぜひ！」

ミレイユは頬を上気させて頷く。

と、管理人の案内で果樹園の入り口まで戻ってきたとき、ミレイユはエドゥアールの姿を見つけた。

（あら？）

彼は彼で、必要な場所を案内してもらっているのだろう。そう思ったのだが——その隣に立つ相手が、ミレイユの心に引っかかった。

エドゥアールの隣で熱心に話をしているのは、彼と同じ年頃の、若い女性だったのだ。

その女性は頬を染め、どこか熱っぽくエドゥアールを見つめている。対するエドゥアールも、真剣にあれこれと質問している様子だ。その表情はといえば、ミレイユが見たこともないような温和な笑顔を浮かべていた。

（まさか……）

彼女が、エドゥアールの想い人なのだろうか？

不意にそう考えたものの、すぐにその可能性を否定する。

エドゥアールの思う相手は、ミレイユの知る女性のはずだ。初対面の相手はその条件には当てはまらない。

そう、わかっているものの——。

（私には、そんな顔見せないのに）

笑い合う二人を見つめながら、思わずそんな考えが頭をよぎる。

「お帰り、ミレイユ。果樹園はどうだった？」

ミレイユがもやもやした気持ちで立ち尽くしていると、エドゥアールはすぐに彼女の姿を見つけ、足早に近付いてきた。

「ええ。色々と興味深いものを見せていただけたわ。大満足よ」

笑顔でそう答えたミレイユだったが、その胸中はますます複雑になっていた。

ミレイユを出迎えたエドゥアールの表情は、柔和で優しい。それが彼の美しさをことさらに引き立てており、横に立つ女性もうっとりと見惚れるほどだ。

（どうせ、そこの女性にいい顔をしたいだけでしょ）

子どもみたいに拗《す》ねる自分に気付かれたくなくて、ミレイユはひときわ美しい笑顔を浮かべてみせた。

「エドゥアールの方も、収穫があったみたいね？」

「そうだね。良い報告を色々と聞けたよ」

エドゥアールの視線が、隣に立つ女性へ移る。それを受けて、彼女はうやうやしくミレイユへ一礼した。

「彼女は管理人の娘さんでね。今年から、果樹園の事務方を任せているんだ」

「お初にお目にかかります、ミレイユ様。エドゥアール様からいつもお話を伺っておりますので、こうしてお会いできて光栄です」

「ええ、こちらこそ」

複雑な胸中を表に出すことなく、ミレイユは彼女に微笑みかけた。

(いつも、ね……。いったい、どんな話をしているのかしら)

ミレイユには決して窺い知れないその時間に意識を向けると、やはり、すっきりしないものを感じる。

「彼女はとても優秀でね。今後の活躍が楽しみだよ」

「まあ、エドゥアール様。もったいないお言葉です」

ぽうっと頬を染める娘を前に、ミレイユは貼り付けたような笑顔を浮かべ続けるのだった。

＊　＊　＊

その日、最後に案内されたのは、果樹園に並び、町の名物だという公衆浴場だった。

なんでも、付近の丘陵地に温泉の源泉があるとのことで、水路を整備して町まで湯を引いているそうだ。

「完成したのは父の代だから、まだ国内でもあまり知られていないんだ」

　エドゥアールの言葉どおり、建物の外観は真新しい。太い円柱とドーム状の屋根が特徴的で、漆喰《しっくい》の壁はすがすがしいほどに真っ白だ。

「もともと、町の人間が使っていた温泉だったんだけど、とにかく行きづらい場所にあったからね。こうして整備したおかげで、利便性が増したというわけだ」

「そう。それはよかったわ」

　エドゥアールの説明に、ミレイユの返事はどこか素っ気ない。

　心ここに在らず、という雰囲気《ふんいき》を感じ取ったのか、エドゥアールが片眉を上げる。

「ミレイユ。言いたいことがあるのなら、はっきりと言ってくれないか？」

「別に、何もないわよ。あなたの考えすぎでしょう？」

　ミレイユは笑顔でそう返すが、エドゥアールはますます眉間にしわを寄せ、納得いかないといった様子で彼女を見つめる。

「そんな顔で僕が誤魔化せるとでも？　だいたい、いつもの君なら、温泉の地熱と植物の生育環境がどうとかこうとか、聞いてもいないのに話し始める頃合いじゃないか」

「それは……」

　言われてみればそうかもしれない。

「きっと、果樹園でたくさんのものを見て、疲れているだけよ。あなたが気にすることではないと思うわ」

ミレイユは一瞬だけ表情を曇らせたが、すぐにぱっと笑顔に戻った。

「それよりも、せっかくここまで来ておいて、中は見せてくれないの？」

「……もちろん、案内するとも。隅々までくまなく、ね」

どこか思わせぶりなその言葉の意味をミレイユが知るのは、それからすぐのことだった。

「ここには、来賓用の専用浴場があるんだ」

脱衣場や大浴場、個別の浴室などをひととおり見て回ったあと、エドゥアールが最後にミレイユを連れて向かったのは、施設内の奥にある部屋だった。

タイル貼りの広い室内には、湯気を上げる浴槽と、休憩用の寝椅子が置かれている。柱に施されているのは、葡萄を模した彫刻。巻き付く蔓《つる》の繊細さや、実る葡萄の滑らかな丸みが美しい。壁には一面、色とりどりのタイルによるモザイク画が描かれていた。男女の神が生まれたままの姿で遊ぶその様子は、神話の中でも特に有名な場面だ。

円形の天井には金属製の枠が取り付けられ、透明度の高いガラスが嵌《は》まっていた。窓越しに、暮れ始めた薄紅《うすべに》の空がよく見える。

「綺麗《きれい》……」

ひとつの芸術品としてこれ以上ないほどに完成している室内を見回し、ミレイユはうっとりとため息を零した。

「ここを利用するのは、さぞかし特別な方なのでしょうね」

「ああ。……僕と君とか、ね」

「えっ？」

思いもよらない言葉に、ミレイユは驚いたように目を瞬かせる。

「当然だろう？　僕はここの領主で、君はその未来の妻だ。せっかくだし、今から湯に浸かっていこうか」

そう言うや否や、エドゥアールは随行していた従者に命じ、入浴の準備を始めさせた。

「ちょ、ちょっと待ってちょうだい！」

ミレイユはたまらず声を上げる。状況に置いていかれているのはもちろんのこと、ひとつだけ、どうしても気になっていることがあったのだ。

「エドゥアール……この浴室、男女が分かれていないように思うのだけど？」

広い浴槽と、籐《ラタン》の寝椅子が二脚。そして、壁には男女の絵。そこから導き出される結論は、それだけしかない。

「ああ、そうだよ。それがどうかした？」

「どうかしてることしかないわよ！」

「ははっ、僕と君の仲に、今さら恥ずかしがることなんてないだろう？」

エドゥアールは強引にミレイユの肩を抱き寄せると、そのまま唇を奪った。

「ん……だめ、人が見ているわ……」

「大丈夫、すぐにみんな出ていくさ」

その言葉どおり、従者たちは二人の入浴の準備を素早く終え、さっと退室していく。

「ほら、これで二人きりだ。君も疲れているだろう？　……ゆっくりと、楽しむとしようか」

「や……」

ミレイユの抵抗など、エドゥアールには児戯《じぎ》に等しい。鍛《きた》え抜かれた腕はたやすくミレイユの細い体を抱え上げると、浴槽の手前に置かれた寝椅子へと運んだ。

「まずは服を脱ごうか。着たまま入浴する趣味はないだろう？」

「ちょ、やめ……んっ」

無理やりにキスをされ、強引に舌を絡められると、途端に体の力が抜けてしまった。

ミレイユの意思とは裏腹に、肉体はひどく従順だ。彼から与えられる快楽を期待して、甘く震え始めるのだから。

「いやだな、そんなに身構えなくてもいいんだよ。疲れている君を労わって、ここでのんびりと休んでいこうと提案しているだけじゃないか」

口ではもっともらしいことを言いながら、エドゥアールはくつくつと喉を震わせる。その思わせぶりな笑い方に、この後の展開が――淫らな戯れが垣間見えるようだ。

唇と唇を擦り合わせ、舌と舌をいやらしく絡め合わせて。エドゥアールは手早くミレイユのブラウスを脱がせ、コルセットの紐を緩めていく。スカートもドロワーズもあっという間に脱がされて、気付けばシュミーズ一枚を残すだけになってしまった。

「ふふ、可愛いよ。これだけ明るいと、君の姿がよく見える」

「へ、変なこと言わないでよ。恥ずかしい……」

エドゥアールは体を離し、ミレイユの頭からつま先までをじっくりと眺めている。

それがあまりにも恥ずかしくて、ミレイユはたまらず両手でシュミーズだけを残された体を覆った。

「それじゃ、僕の服も脱がせてもらおうかな」

「なっ、どうして私が、そんなこと……」

「君の服は僕が脱がせたんだ。これで等価交換だろう？」

「そんな、無茶苦茶な……」

ミレイユは困り顔でため息をついた。どうしてこう、次から次にどうしようもないことを思いつくのだ、この幼馴染みは。

「それとも、僕は服をずぶ濡れにしながら入浴しなきゃいけないのかい？　後で風邪をひいたら、君のせいだけど」

「……わかったわよ」

これ以上の口論は無意味というか、敗色濃厚だ。ミレイユはあきらめたように、エドゥアールの胸元に手を伸ばしたが――不意に、その動きが止まった。

「ミレイユ、どうかした？」

「な、なんでもないわ」

嘘《うそ》だ。エドゥアールに触れるとなると、急に胸がどきどきしてきて、どうすればいいかわからなくなったのだ。

「もしかして、脱がせ方がわからないとか？」

「……そ、そうよ！　当然でしょ⁉」

わずかな思案の末、ミレイユはエドゥアールの言葉に乗ることにした。

「初心《うぶ》だね。まあ、そういう君に、ひとつずつ教えるのも楽しくはあるけれど」

エドゥアールはミレイユの手を取ると、胸元のクラヴァットを抜き取らせた。

続けて上衣を脱がせ、シャツのボタンをひとつずつ外していく。

エドゥアールに見守られながらの作業は、妙な背徳感があった。

まだ何もしていないし、されてもいないのに、頭の中がふわふわしていくのを感じる。

「あ……」

シャツのボタンをすべて外すと、エドゥアールの裸の胸元が現れる。その鍛えられた肉体を目にして、ミレイユは無意識のうちに感嘆のため息を零した。

「どうしたの？　ほら、次は下も脱がせてよ」

そんなミレイユの様子をどう思っているのか、エドゥアールが意地悪そうに笑う。

「し、下も!?　なんでそんな恥ずかしいこと、私が……」

「でも、僕は君のスカートを脱がせたけど？」

「それは、あなたが好きでやってることでしょう!?」

「はいはい。まったく、そこまで嫌がるのなら、仕方ない」

エドゥアールはシュミーズ姿のミレイユを抱き上げると、トラウザーズを履いたまま浴槽へと歩き出し、ざぶんと湯に浸かってしまう。

「あーあ、おかげでびしょびしょだ」

「なっ……」

予想もしなかった行動に、ミレイユは言葉を失った。

「僕が風邪をひいたら君のせいだよ。これは、きついお仕置きをしなきゃいけないな」

エドゥアールはミレイユを背中から抱きしめると、大きな手で胸の膨らみを掬《すく》うように持ち上げた。そのまま、ゆっくりと揉みしだき始める。

「やっ……」

声を堪《こら》えるように、唇を噛《か》んで俯《うつむ》く。濡れたシュミーズ越しに、薄紅に透けた胸の蕾が勃《た》ち上がるのが見えた。

「ははっ、もうこんなになってる。……僕の服を脱がせるのは、そんなに興奮した？」

「だ、誰がっ……っ、ああ……っ」

きゅうっと胸の頂を摘ままれて、ミレイユはあられもなく身もだえした。体を揺らすたび、少しぬるめのお湯がちゃぷちゃぷと音を立てて揺れている。

「いつもより敏感になってるね。ほら、こうするだけで……」

胸の先端を指で撫でさすりながら、エドゥアールが吐息のように囁きかけた。布越しに与えられる刺激がもどかしくて、自然と体が震えてしまう。

「だめ……っ、触っちゃ、やだぁ……」

「そんなこと言って、今止められたら苦しいのは君だろう？　……ほら」

エドゥアールは空いている方の手で濡れたシュミーズをまくり上げると、その下の茂みへと指を這《は》わせた。

「あぁっ……」

和毛《にこげ》を指先で弄ぶようにした後、秘裂へ指を差し入れる。

「濡れてるのは、お湯のせいじゃないよね？」

くちり、と粘着質な音が、秘められた場所から響いた。

「あ、や、やだ……っ、んんっ、あ、あぁっ……」

熟れた秘肉を、たっぷりの愛蜜が濡らしている。エドゥアールの指が往復するたびに、ぞくぞくと腰が震えるのを抑えられない。

けれど、彼の指は、ある一点だけを巧妙に避けていた。敏感な花芯へ触れられることによる快楽への期待と、それが与えられないことによるもどかしさが、ミレイユをますます煽り立てるようだ。

ミレイユがもじもじと腰を揺らしていることに気付いたのか、エドゥアールが耳元に唇を寄せた。軽く耳朶を噛んだ後、熱い吐息と共に囁かれる。

「……どこを触ってほしいの？　ほら、言ってごらん」

「べ、別に、私は……っ、あ……っ」

「答えないならそれでもいい。このまま、ゆっくりとお湯に浸かるだけさ」

エドゥアールは緩やかな動きで秘肉をなぞり上げる。同時に、胸の頂を優しく摘まれた。焦《じ》れるような刺激から逃れようと身を捩《よじ》っても、彼の腕はしっかりとミレイユを抱き込んで放してくれない。

昂りそうなのに、寸前で引き留められる。その繰り返しに、ミレイユの瞳に自然と涙が浮かんだ。

「やだ、や……も、してぇ……」

「何を？　はっきり言わないと、ずっとこのままだよ」

そんなの耐えられない、とミレイユは首を横に振る。快楽を覚え込まされた体が、心が、悲鳴を上げていた。

「……さわっ、て」

「どこを？」

「下、の……きもちいい、ところ……っ！」

途端、ぐり、と肉芽を指の腹で潰された。その刺激に、敏感になっていたミレイユの体は一息で達してしまう。

痙攣《けいれん》する細い体を、しかし、エドゥアールの腕はがっちりと押さえ込んだまま、充血した花芯を指で捏《こ》ね回し始める。滴《したた》るような愛蜜による滑らかな愛撫は、達したばかりのミレイユをますます責め立てていった。

「やだっ、も、イッてるの……っ、敏感だから、ぁ……っ！」

「触ってほしいと頼んできたのは君だろう？」

「やだ、やだやだ……っ、あっ、あああっ！」

悦楽の波に追い立てられるようにして、ミレイユは再度の絶頂を迎えた。その間も、エドゥアールの愛撫は休まることがない。

幾度も極めさせられた後、ミレイユはようやくエドゥアールの腕から解放された。けれど、その頃には全身から力が抜けてしまい、ぐったりと背後のエドゥアールにもたれかかることしかできなかった。

「たくさんイケたね。……でも、僕もそろそろ限界だ」

エドゥアールが、ミレイユの尻にぐっと腰を押し付けた。濡れたトラウザーズ越しに、硬い感触が伝わる。

「やっ、なに……？」

困惑したミレイユの問いに、エドゥアールは答えない。ミレイユの体を浴槽の淵《ふち》に座らせると、彼はトラウザーズを下ろした。

「っ……」

ミレイユの視線は、初めて目にするエドゥアールの下腹部に釘付けになってしまった。

引き締まった腹筋の下で、赤黒い怒張が、天を向いて反《そ》り返っている。

「……なに、そんなに珍しい？」

愉快げな声に慌てて目を逸らすも、もう遅い。

エドゥアールはミレイユの隣に座ると、おもむろに彼女の手を取った。そのまま、自らの下腹部へと導く。

「あ……」

触れるかどうかという距離でもわかった。

とても熱くて、どくどくと脈打っていて――手のひら越しに伝わるそれが、エドゥアールの興奮なのだ、と。

「……触って、ミレイユ」

耳朶に響く声には、いつもと少しだけ違う響きがあった。

導かれるように、彼の怒張へ指を這わせる。どこか淫靡《いんび》で、昏《くら》い欲情。それを感じているのは、ミレイユなのか、それともエドゥアールなのか。

気付けば、ミレイユは夢中で彼の欲望を愛撫していた。

「エドゥアール……こうすると、気持ちいい……？」

「ふっ……ああ、快《い》いよ。すごく……」

エドゥアールは感極まったように瞼《まぶた》を閉じて、ミレイユの手の動きに身を任せていた。

ため息交じりに漏れるその声に、ミレイユの興奮もまた高まっていく。彼をもっと気持ちよくしたい。自分の手で、自分だけのものにしてしまいたい――。

けれど、愛撫を続けていたミレイユの手を、エドゥアールがそっと押し留める。

「これ以上続けられると、僕の方が限界を迎えそうだ」

そう言うと、エドゥアールはミレイユを浴室の床へ押し倒し、大きく足を開かせた。

「やぁ……っ」

のしかかる体軀《たいく》の逞《たくま》しさに、本能的な怯《おび》えを感じる。

エドゥアールはミレイユを安心させるように額へキスを落とした。

「大丈夫、挿《い》れないよ。……ただ、一緒に気持ちよくなりたいだけだから」

エドゥアールの欲望がミレイユの濡れた花弁に触れる。溢れんばかりの愛蜜が潤滑剤となり、張り詰めた肉杭は滑らかな往復運動を始めた。

肉と肉が擦り合わされ、ぬちゅぬちゅと淫靡《いんび》な音が室内に響いた。花芯を硬い欲望で愛撫される感覚は、指とはまた違った刺激がある。

間近で感じるエドゥアールの吐息も、その体温も、ミレイユを興奮に追い立てるばかりだ。

「っ……あああっ、やっ、私、もう……っ！」

ミレイユは押し寄せる強烈な快楽の予感に震え、悲鳴にも似た声を上げる。

「一緒にイこう、ミレイユ……っ！」

エドゥアールは腰の動きをますます速め、ミレイユの快感をさらに押し上げた。

「あ、ああっ……っ、やぁ、あぁーっ！」

「……っ、ミレイユ……っ！」

ミレイユの体が快楽の極みを迎え、びくびくと痙攣する。同時にエドゥアールも達し、欲望の残滓《ざんし》がミレイユの下腹部を熱く濡らすのだった。

＊　＊　＊

翌日。ミレイユはまともにエドゥアールの顔が見られなかった。

理由はただひとつ。昨日の浴場での一件が、未だに尾を引いているのだった。

「ミレイユ、そんなに拗ねなくたっていいだろう？　君だって気持ちよくなっていたんだから」

「……」

呆《あき》れたように声をかけるエドゥアールから、ふい、と無言のまま視線を逸らす。

拗ねているのではない。——照れているのだ。

（そんなこともわからないなんて、鈍《にぶ》いんだから！）

彼の声を聴くたびに、その気配を感じるたびに、昨日の行為がありありと脳裏に蘇《よみがえ》る。間近に触れた体温と、初めて感じた欲望の熱さが、今も胸をざわつかせていた。

（前から思っていたけど……好きでもない女の子をあんな風に抱くなんて、エドゥアールったら、なんていやらしいの⁉）

もっとも、その考えは当然のようにミレイユの心にも跳ね返ってくる。

ミレイユがエドゥアールの想い人を知らないように、彼もまた、ミレイユの想い人を知らない。はしたなく乱れ、甘い声を上げる自分は、淫乱な女だと思われているのではないだろうか？

「ほら、ミレイユ。今日はレモンの木が見られるよ。君は確か、砂糖漬けにした実が好きだっただろう？」

ミレイユの頭をぽんぽんと撫でると、エドゥアールは立ち並ぶ一面の木々を指差した。

今日の視察は、昨日とは別の果樹園だ。主にレモンの木を育てているというそこも、今は花の盛り。これが終わると摘果《てきか》の時期となり、働く人々は一気に忙しくなる。

「今年も豊作になりそうです。これもエドゥアール様のお知恵の賜物《たまもの》ですね」

そう話すのは、果樹園の管理人である壮年の男性だ。

「それで、例の件だが……」

「ああ、それでしたら、記録をまとめてあります」

「すまない、助かる。ここの他に、被害に遭った果樹園はあるか？」

「はい。既に証言を集め、詳しい状況を……」

（……何か、あったのかしら）

話し込む二人の顔は真剣そのものだ。ミレイユは邪魔をしないようにと彼らから離れ、木々の間を歩き始める。

「ミレイユ、話はすぐに終わるから、あまり遠くに行かないようにね」

「わかってる」

もう子どもじゃないのよ、とミレイユは唇を尖《とが》らせる。

心地の良い風が吹いている。肉厚の葉の間に顔を覗かせる白い花が、そよそよと揺れるさまを見つめながら、ミレイユはふ、と顔をほころばせた。

（やっぱり、落ち着くな）

斜面に並ぶ木々、下生えを踏むたびにふわりと立ちのぼる草の匂い。

故郷とは気候も植生もまったく違うが、それでも、自然に囲まれて過ごすのはミレイユにとって何にも勝る喜びだ。

(もし、エドゥアールと結婚したら……)

故郷であるノーマルド伯爵領と同じくらい、このアレノーの景色が馴染み深いものになるのだろうか。今はまだ想像できないけれど、いつかは。

(やだ。私ったら、何を考えてるのかしら)

頬がかぁっと赤くなる。その熱を振り払うように、ミレイユはぶんぶんと首を振った。

(私がエドゥアールのことを好きでも、彼には、想う相手がいるのだもの)

胸がちくんと痛む。このまま彼と結婚したとしても、きっと、その事実はいつまでもミレイユを苦しめ続ける。

エドゥアールは、いったい誰のことが好きなのだろう。

どうして、あんなにもミレイユと結婚することにこだわるのだろう――。

(……馬鹿)

本当は知りたくない。彼が、誰を好きなのか、なんて。

だって、それを知ったら、きっと何もかもが変わってしまうから。

(どうして、こんなに好きになっちゃったんだろう)

頬に触れる爽やかな風とは裏腹に、憂鬱《ゆううつ》なため息を零した、そのとき。

「ミィちゃん、こっちだよ。おりてきて」

「怖くないから、ほら」

前方で、数人の子どもが、一本のレモンの木を囲んでいるのが見えた。

「どうしたの？」

ミレイユは木々を囲む子どもたちにそう尋ねる。すると、彼らは困ったように木を見上げた。同時に、にゃあ～ん、という弱々しい鳴き声も聞こえてくる。

ミレイユが頭上へ目をやると、一匹の子猫が枝に摑《つか》まっているのが見えた。どうやら、木に登ったきり、下りられなくなってしまったようだ。

「今日は領主さまが来る日だから絶対に園内には入らないようにって言われてたの。だけど、ミィちゃんが入っちゃって……」

「必死に追いかけてたら、ミィ、木の上まで逃げていっちゃったんだ。どうしよう、オレたちのせいだ」

「大丈夫。お姉さんがなんとかしてあげるから」

今にも泣きそうな子どもたちを安心させるように、ミレイユはにっこりと笑う。それから、おもむろにブラウスの袖をまくり、スカートの裾をたくし上げた。

「お、お姉さん⁉」

「大丈夫、こう見えて木登りは得意なのよ！」

ミレイユはそう答えると、するすると木を登り始める。

レモンの木はさほど高さがない。子猫の元へは、あっという間にたどり着いた。

「ほら、大丈夫。怖くないわ」

ミレイユは枝の上で震える子猫へそっと手を差し伸べる。子猫はしばし逡巡していた様子だったが、やがて、ミレイユの方へと近付いてきた——が。

次の瞬間、感じたのは痛みだった。怯えた子猫は、ミレイユの腕に爪を立てるようにして、木から下りてしまったのだ。

「きゃっ……！」

突然の子猫の行動に、驚いたミレイユは足を滑らせ、体勢を崩した。

「お姉さん、危ない！」

見守っていた子どもたちが口々に悲鳴を上げる。

落ちる——！

地面に叩《たた》きつけられる痛みを想像して目をつぶった、そのとき。

「ミレイユ！」

力強い腕が、ミレイユの体を抱きとめた。

「まったく……君はいったい、何をやっているんだ……！」

「エドゥアール……」

ミレイユは驚きに声を上げ、自分を受け止めた人物を――エドゥアールを見つめる。

その顔に浮かぶのは、焦《あせ》りと不安、怒り。それから、安堵。

彼に遅れて、果樹園の管理人が駆けつけた。

「お前たち、ここでいったい何をやっている⁉　今日は立ち入らないようにとあれほど言っただろう！」

「お、お父さん！　ごめんなさい！」

「待って！　この子たちを怒らないであげてちょうだい！」

ミレイユはエドゥアールの肩越しに、慌てて管理人へ事の次第を説明した。

「罰ならば、私が受けます。それでいいでしょう、エドゥアール？」

「……君がそう言うのなら」

エドゥアールは冷徹な面持ちで頷くと、子猫を抱く子どもたちに向き直った。事の成り行きを見守っていた彼らは、びくりと身を竦める。

「すまない、無謀な妻が迷惑をかけたね」

エドゥアールは穏やかな微笑みを浮かべ、子どもたちを見回した。

「その優しさに、敬意を。小さきものを助けたいと願う心を、どうか忘れずにいてほしい」

「は、はいっ！」

怯え切っていた彼らの顔に、血色が戻る。

それを確認すると、エドゥアールはミレイユの体を抱き上げたまま、早足で歩き始めた。

「少し二人にしてくれ」

そう言い残し、果樹園の中を奥へ、奥へと進んでいく。

いったい、どこまで行くのだろう。周囲から人の姿は完全に消え、レモンの木々が静かに風に揺れるのみだ。

「エドゥアール、下ろしてちょうだい。私、一人で歩けるわ」

「嫌だ」

ミレイユを抱えたままの腕に、ぐっと力が籠もる。

「エドゥアール……？」

「君は、どうしてそう無謀なんだ」

しばしの沈黙の末、エドゥアールは絞り出すように呟《つぶや》いた。

「だって、あの子たちも、子猫も、困っていたのよ。見て見ぬふりはできないわ」

「なら、僕を呼べばいい。僕でなくても、他の人間を。君がわざわざ木登りをする理由がどこにあるんだ」

「私は木に登れて、あの子たちは今まさに困っていたの。他の選択肢はあったかもしれないけれど、私にはそれが最善の判断だったとは思えない」

「だからって、自分の身を危険に晒さないでくれ」

ミレイユを抱いたまま、エドゥアールはどすんとその場に腰を下ろす。

そして――。

「……君といると、いつもこうだ。何ひとつうまくいかないし、冷静でいられない」

エドゥアールが、ぎゅうっとミレイユを抱きしめる。その腕が、微かに震えていた。

「心配、してくれたのよね？」

「当然だろう⁉」

エドゥアールは怒りを孕《はら》んだ表情で、ミレイユの顔を覗き込んだ。

「君が木から落ちたとき、心臓が止まるかと思った。僕がどれだけ必死に走って、君の体を受け止めたと思ってるんだ！」

「それは……感謝しているわ、ありがとう」

「いいや、君はわかってない。僕がどれだけ気を揉んだか、僕が……どれだけ努力したか」

大きな手がミレイユの頬へと触れる。そのまま、エドゥアールの顔が近付いて――唇が、そっと重なった。

ミレイユの熱を、存在を確かめるように。何度も、何度も口づける。

エドゥアールにひどく心配をかけてしまったのだ、と。嫌でもわかった。

やがて、唇が離れた後。ミレイユは細い手で、エドゥアールの体をそっと抱きしめた。

「……ごめんなさい」

「わかってくれたのなら、いいよ。でも、次はもっと気を付けてほしいかな」

「ええ、そう心がけるわ。……無茶をしないとは、約束できないけれど」

ここで素直に頷ければよかったのに、とミレイユは思う。けれど、考えるよりも先に体が動いてしまうのが常だ。似たような状況に出会えば、きっとまた、同じことをする。

そんな気持ちは、エドゥアールにも伝わったのだろう。彼は深々とため息をつくと、ミレイユの頭を優しく撫でた。

「いいさ、何度でも君を助けるよ。そのために、僕は騎士になったんだ」

彼の顔に浮かぶのは、穏やかな笑み。まるで、子どもの頃、初めて出会った時のような。

「え……？」

たった今耳にした言葉と、その表情。どちらも、ミレイユには信じられなくて。

目を瞠るミレイユに、エドゥアールはもう一度キスをした。優しく、とても優しく。

「好きだよ、ミレイユ。僕の想い人は、君だ」

囁かれた言葉に、心が跳ねた。

頭のてっぺんからつま先まで、全部が全部熱くて、何も考えられなくなる。

「君を、誰よりも愛してる。君を守れて、本当によかった」

「そんな、まさか」

また、幼馴染みの気まぐれなのではないか……なんて気持ちは一瞬で吹き飛んだ。

だって、エドゥアールの耳が赤い。紅潮した頬も、どこか恥じらうように逸らされた視線も、彼の言葉が本心からのものだとミレイユに伝えてくる。

だから、ミレイユの鼓動もどくどくと速まるばかりで――。

「……わ、私。どうしようって、そればっかり考えてたのよ」

エドゥアールに想い人がいると知ってから、ずっと。

「気付いてなかったの。あなたのことが……こんなにも、好きだって」

でも、彼の心を手に入れたいとは思わなかった。――思えなかった。

ミレイユは、エドゥアールの額にそっと指先で触れる。

「あなたの額に傷をつけたのは、私だから。そんなこと、望んじゃいけないって」

「……ちょっと待ってくれ。今、なんて言った？」

切なげに声を震わせるミレイユとは対照的に、エドゥアールは、信じられないことを聞いたとばかりに目を丸くしている。

「だから、あなたの額に……」

「そうじゃなくて、その前」

「……」

ミレイユは、頬を染めて視線を逸らす。けれど、頬をエドゥアールの手に押さえられて、強引に目を合わせられてしまった。

「言って、ミレイユ」

「……好きよ。あなたのことが、好き。大好き……きゃっ」

ミレイユが悲鳴を上げたのは、エドゥアールが彼女を強く抱きしめたから。

「ちょ……っ、苦しいわ、エドゥアール！」

結果、逞しい胸板にぎゅうぎゅうと顔を押し付ける羽目になってしまった。

「母上の言うとおりだ。最初から、素直に伝えておけばよかった」

力の抜けきった呟きに、ミレイユは苦笑する。

「ええ、本当にそうね」

もっとも、それはミレイユも同じだ。おかげで、お互いに遠回りをしてしまった。

わざとらしく澄ました表情を作るミレイユに、エドゥアールは優しいキスを落とす。

「なら、これからは手加減しないよ。僕なしではいられないようにしてあげる」

「……どうぞ、お手柔らかに」

ミレイユは満面の笑みで、エドゥアールにぎゅっと抱き着くのだった。

＊　＊　＊

たぶん、その日の夜は今までで一番特別だった。

寝台に並んで座り、キスをする。エドゥアールの唇が、ミレイユのそれにそっと重なる。

「ん……」

何度もキスしたことがあるはずなのに――今までとは、全然違う。

うるさいくらいの自分の鼓動が、体中に響いていた。

エドゥアールの大きな手に体を抱き寄せられると、きゅん、と胸が疼《うず》いて。もっと、もっと彼の体温を感じたい。そう思って、広い胸に頬をすり寄せる。

「ミレイユ。くっついてくれるのは嬉しいけれど、それじゃ、キスできない」

拗ねたような声に、仕方なく顔を上げる。すると、再度のキス。今度は熱い舌が唇を割り開いた。

口腔内をゆっくりと舐《ねぶ》られる。歯列をなぞり上げた後、お互いの舌を絡ませて、しごき、甘く吸い上げる。

そのうちにじわじわと体中がむずがゆいような、くすぐったいような、なんともいえない心地になってきた。

けれど、それはエドゥアールも同じようだ。少し乱暴にミレイユの体を寝台へと押し倒すと、薄い夜着の上から胸の膨らみへと手を伸ばす。

「んんっ……」

重なったままの唇の隙間から、甘い声が漏れ出る。大きな手は、柔らかな感触を確かめるように乳房を揉んだ。すると、すぐに先端の蕾がきゅっと硬くなり、夜着を持ち上げる。

「……ふふ、もうこんなになってるよ。わかるだろう?」

エドゥアールの指が、きゅうっと胸の先端を摘まんだ。途端、甘い感覚が背筋を走り抜け、ミレイユの体がびくびくと震えた。

「や、だめ……」

やっぱり、今夜はいつもより特別だ。敏感すぎて、反応を抑えられない。

このまま続けられたら、いったいどうなってしまうのだろう。

それに――。

ちらり、と自らにまたがるエドゥアールの下肢へ目をやる。ミレイユの太腿に、硬いものが触れている。そのあまりの熱さに、頭がくらくらした。

「ん？　……わかってるだろう？　今日は、最後までするよ」

ミレイユの視線に気付いたエドゥアールが、ちろりと舌を出し、自らの唇を舐めた。ただそれだけの仕草がひどく煽情《せんじょう》的で、見惚れるほどに美しい。

「君が嫌だと言っても、絶対にやめない。何もかも全部、僕のものだ」

熱っぽい囁きと共に、焦らすように、じわじわと乳暈《にゅううん》を指でなぞられる。体の内に灯り始めた熱を、急速に高めていくような愛撫。息が荒くなるのを止められない。

昂るミレイユをどこか嗜虐《しぎゃく》的に見下ろすと、エドゥアールは強引に彼女の足を割り開いた。閉じられないようにと自らの体を割り込ませ、乱暴な手つきで夜着をまくり上げる。

「あ、だめ……恥ずかしいわ……」

「今さら？」

低い笑い声。露わになった太腿を、するりとなぞられる。

「可愛い。本当に可愛いよ、ミレイユ。僕に、君の全部を見せて……」

エドゥアールはおもむろに身を屈《かが》めると、ミレイユの首筋へ唇を這わせた。舌を尖らせ、徐々に下へとなぞっていく。鎖骨のくぼみから、胸元へ。それから、胸の頂へ。

「あ、ああっ……」

赤く染まった蕾を口に含まれ、ミレイユはあられもない声を上げた。熱い舌が敏感なそこを舐め回し、ちゅっと吸い上げる。刺激のひとつひとつに反応して、ミレイユの体はどうしようもないくらいに昂ってしまう。

エドゥアールは胸の蕾を丹念に愛撫しながら、ミレイユの足の付け根へ指を這わせた。秘裂はすっかり潤《うるお》っていた。滴るような愛蜜を指にまとわせるようにして、エドゥアールは肉厚の花弁を押し開いていく。

「あ、あぁ……ん……っ」

体がぞくぞくと震える。ほのかな怯えと――期待。花芯はすっかり膨れ、エドゥアールに触れられるのを待っていた。

「触ってほしいの？　……ミレイユは、いやらしいね」

「だって、そうしたのはあなたじゃな……っ、ああ、あっ！」

言葉の途中で、ぐり、と花芯を圧し潰された。途端、下腹部に弾《はじ》けるような甘さが広がり、悲鳴にも似た声を上げてしまう。

「ああ、や、あっ……あああっ、ぅ、ああ……っ！」

指の腹で充血した肉芽をぐりぐりと捏ねられる。あまりの快感に、喉から勝手に獣《けもの》の呻《うめ》きのような声が漏れ出た。

エドゥアールはしばしミレイユの反応を楽しむように、花芯への愛撫を続けた。見下ろす濃灰色《のうかいしょく》の瞳は、情欲に熱く濡れている。その視線すら、今は欲望を煽る材料になって。

「あ、だめ……イっちゃう……っ！」

ミレイユはたちまち、快楽の極みへと押し上げられた。

「上手にイけたね。それでこそ、たくさん教えた甲斐があるというものだよ」

荒く息を吐《は》くミレイユの頬に、エドゥアールは優しくキスを落とし――次の瞬間、秘部へ微かな異物感が生まれた。

「指、挿《い》れるよ。ゆっくり慣らさないと、後で痛いだろうから」

「あ……」

ミレイユは、戸惑いながらもその感覚を受け入れる。濡れきった隘路《あいろ》を、長い指がゆっくりと往復する。すると、じわじわと甘い感触が生まれ始めた。

「ん、あ……や、ぁ……」

ミレイユの声が甘くなり始めたのを確かめ、エドゥアールの指が二本に増やされた。内側の感じる場所を、丹念に擦られる。くち、くち、と粘《ねば》つく水音が寝台に響き、耳までもが犯されていくようだ。

「気持ちよくなってくれて嬉しいよ、ミレイユ」

「やぁ、言わないで……」

二本、三本と指が増えても、ミレイユの内側はそれを抵抗なく受け入れた。

エドゥアールは確かめるように指を抜き差しした後、おもむろにそれを引き抜く。彼は下肢に身に着けていた下着を脱ぐと、熱い欲望を露わにした。

「っ……」

ミレイユは思わず息を呑《の》んだ。実際に目にするのは二度目だが、その質量に圧倒されてしまう。これからあれが、自分の中に入るのだ。知識として知ってはいるものの——改めて考えると、信じられない。

(だって、あんな、大きいのに……!)

「ミレイユ。そんなにじろじろ見ないでよ。……興奮するだろう」

エドゥアールはミレイユの秘裂へ自らの昂りを押し当てる。硬くて、熱い。そのまま先端を蜜で濡らすように、ぬるぬると滑らせる。

「力を抜いて、深呼吸して。そう、ゆっくりと……挿れるよ」

刹那《せつな》、引き攣《つ》るような痛みが走った。

「……っ」

ミレイユの喉から、微かな悲鳴が零れる。体の内側に、エドゥアールが侵入していく、その強烈な異物感。想像以上の痛みに、ミレイユの目の端にじわりと涙が浮かんだ。

「もう少しだよ……ほら、これで、全部挿入《はい》った」

ズン、とエドゥアールが腰を揺らす。胎内に響くような重い感触に、ミレイユは一瞬、呼吸すら忘れてしまった。

「あ……」

痛い。苦しい。けれど――嬉しい。彼とひとつになれたことが。

想いは言葉にならなくて、細い両腕をエドゥアールへと伸ばす。すると彼は身を屈め、ミレイユを抱きしめてくれた。

「僕のものだ、ミレイユ。もう、絶対に離さない」

「……ええ。離さないで。ずっと、一緒にいて……」

好き。大好き。子どもの頃からずっと、誰よりも大切な人。

ひとつになれた――その想いを込めて、彼の背へ腕を回す。

すると、ミレイユの内側にある欲望が、ぐ、と質量を増した。

「っ……あ、苦しいわ、エドゥアール……」

「ああ、ごめん。嬉しくて、つい。……でも、本番はこれからだよ」

そう言うと、エドゥアールは徐々に腰を動かし始めた。

ぬーっと引き抜かれたかと思えば、奥までぐっと突き上げられる。

「あ、ああっ……んっ……」

エドゥアールが動くたびに、下肢の内側がじくじくと痛んだ。けれど、その痛みの中に混ざる甘さに、ねだるような声が自然と漏れてしまう。

「……ここが好きなの？」

内側の一点を抉《えぐ》るように突かれると、下腹部へ蕩《とろ》けるような快感が生まれた。ミレイユはあられもない声を上げながら、恥じらうように頷く。するとエドゥアールは、執拗《しつよう》にそこを責め立てた。

「ああ、あっ……や、あっ、ああっ……！」

抽挿は次第に激しさを増していく。その頃には下肢への異物感や痛みよりも、快楽の方がはるかに勝るようになっていた。

「ミレイユ……君の内側は熱くて、たまらなく気持ちいい……。こんなにも僕を締め付けて、離さない……っ！」

ズン、と強く突き上げられて、ミレイユは悲鳴にも似た喘《あえ》ぎを漏らした。

「ほら、わかる？　ここを突くと、ぎゅっと中が締まるんだ。ほら、ほら……っ」

「ああっ、や、あっ！　ああっ、ん、んんっ、やぁぁっ！」

エドゥアールの欲望は容赦なくミレイユの内壁を擦り立てる。そのうち、胎内の熱が急速に高まるのがわかった。

「あ、だめ、エドゥアール……私、また……っ」

「一緒にイこう、ミレイユ……っ！」

がつがつと腰を打ち付けられ、ミレイユは快楽にすすり泣く。

「あ、あ、あっ……っ、や、ああっ、あーっ！」

「ミレイユ……っ！」

やがて、ミレイユが再度の絶頂を迎えるのと同時に、エドゥアールもその欲望を胎内へと放った。

熱い飛沫《ひまつ》が体の内側を満たす感覚に満足感を覚え、ミレイユはエドゥアールの体にぎゅっと抱き着く。すると、彼の欲望は、力を取り戻すようにその質量を増した。

「あ……っ」

たまらず甘い吐息を零すと、エドゥアールはそれを捕らえるように唇を重ねる。

「……もう一回、いいよね？」

ねだるような言葉と、甘えを帯びたエドゥアールの表情に――ミレイユは頬を染め、こくんと小さく頷くのだった。

＊　＊　＊

――最初から、素直に伝えておけばよかった。


では、素直になれなくなったのはいつからだっただろう？

エドゥアールはふとそう考える。

お互いが子どもの頃はよかった。年上のエドゥアールはまるで実の兄のように振る舞い、時に厳しく、時に優しく、ミレイユのそばにいた。

額の傷などさしたる問題ではない。この傷があるからこそ、ミレイユの『特別』でいられたのだという思いが最初からあった。我ながら歪《ゆが》んでいる。

明るくて、可愛くて。眩《まぶ》しいほどに素直な幼馴染み。

出会った頃から、ミレイユに抱く印象も、好意も、何ひとつ変わらない。

大人びた笑みで『出来の良い侯爵令息』を演じる自分の本質を、彼女がほんの一瞬で見抜いてしまった、あの瞬間から。ミレイユはエドゥアールにとって、ただ一人の特別な女性だった。

けれど、ミレイユはあまりにも素直で純真だ。

勘のいい彼女が見抜けず、気付くこともできない、男女の色恋。それを理解する日まで、エドゥアールは自分の恋心を表に出すまいと決めていた。

代わりに、ひとつひとつ、密かに教え込んでいく。

侯爵家に嫁ぐために必要なだけの教養、作法、学問——。

いつか、その日を迎えるためだけに、エドゥアールは額の傷を持ち出しては、ミレイユを勉強に誘っていた。

だが、あの日。十五歳になったミレイユがエドゥアールに告げた言葉は、あまりにも無慈悲《むじひ》なものだった。

「エドゥアール、聞いて！　私、ダンテ子爵家のご令息とお会いすることになったの！」

無邪気《むじゃき》に、あまりにも純真に明かされたそれは、ミレイユの将来の縁談を見据えての段取りであることは間違いなくて。

たったそれだけで、エドゥアールの中からは、あらゆる冷静さが失われてしまった。

（ああ、そうだった）

腕の中で幸せそうに微笑むミレイユ。その温もりを感じながら、エドゥアールはそっと嘆息する。

あれから四年。彼女の無垢《むく》さを愛しながら、同じくらいの苛立《いらだ》ちを感じていた。どうしても、優しいままではいられなかった。言葉の端々に棘《とげ》を潜《ひそ》ませては、離れようとするミレイユを額の傷で捕らえ続けた。

意地悪だと思われても、なんでも。彼女の心を独占できるのならば、その手段はどうあろうと構わなかった。

シャルル王太子の近衛騎士として叙勲を受けたのも、ミレイユの奔放《ほんぽう》さを守るための強さを手に入れる手段でしかない。

いつか、彼女にふさわしい男になる。その日まで、誰にも渡さない。絶対に。

ただ、その一心で、今まで生きてきたのだ。

「……愛してるよ、ミレイユ」

寝台の天蓋《てんがい》の隙間から、ほのかな月光が差し込む。その光に照らされた無防備な寝顔に、エドゥアールはそっと口づけた。

ようやく手に入れた――その、万感の想いを込めて。

四章

アレノーから戻ってからというものの、ミレイユは今までにないほど穏やかな日々を過ごしていた。

エドゥアールの侯爵就任をお披露目する日まで、あと一週間。その夜会で、ミレイユは公式に彼の婚約者となる。

（なんだか、あっという間だったわ……）

書斎の窓から見える青空を眺《なが》めながら、ミレイユはふと、これまでの日々に思いを馳《は》せていた。

突如《とつじょ》としてエドゥアールに連れ去られてから、今日で一か月。今まで生きてきた十九年間がなんだったのかと思うほど濃密な時間を過ごすこととなった。

けれど、今はそれも良い思い出に変わりそうだ、なんて考えられるのは、きっとエドゥアールとの関係が変わったからだろう。

「……で、ここがその後の十年間、王家と侯爵家との関わりを変えていくことになるわけだけど。ミレイユ、ちゃんと聞いてるのかい」

「あっ、ごめんなさい」

向かいに座るエドゥアールが、やっぱりね、とため息をつく。

「まったく、お披露目までにあと一週間しかないんだよ。最近、ちょっと気を緩めすぎではないのかい？」

「わ、わかってるってば」

想いが通じ合った後、エドゥアールの態度は少しだけ変わった。今までよりも温かくなった、とでも言うのだろうか。

小言のひとつひとつに、心なしか愛が滲《にじ》み出ているような――そんな風に感じるようになったのは、ミレイユが彼の気持ちを知ることができたからだろうか？

「ミレイユ、頬が緩んでるよ。そんなに余裕があるのなら、今日は宿題もたくさん出しておこうか」

「し、宿題？　今までそんなものなかったじゃない」

「そりゃあ、僕がしっかりと君を教育していたからね。だけど、就任披露が近付いたとなれば、屋敷を留守にすることも増える。その間、君の緊張感を保つにはぴったりだろう？」

「そんな、横暴よ！」

それに、ミレイユにもやりたいことがある。侯爵家で生活するようになってからというものの、実家であるノーマルド伯爵家や、商品を卸している街の商店にまったく顔を出せていないのだ。

自分の部屋のテラスに残してきた植木鉢の様子が気になるし、売り上げについても聞いておきたい。なるべくなら、商品も追加で委託しておきたかった。

「君の言い分はわかった……が、あと一週間、我慢できないのかい？」

「それができるなら、わざわざこんな風に言ったりしないわ」

事情を説明するものの、エドゥアールの反応は渋いままだ。

「私にとっては、どちらも大切なことなの。もちろん、結婚の準備をおろそかになんてしないわ。ね、いいでしょう？」

「……いや、やっぱり駄目だ。君に教えなきゃいけないことはまだまだたくさんあるし、ドレスの採寸もこれからだろう？　二人の未来のためにも、今は屋敷を出てほしくない。いいね？」

「……ええ、わかったわ」

残念そうに頷《うなず》くミレイユを見て、エドゥアールはほっとした顔を見せた。

「それじゃ、僕はこれから出かけてくる。少し遅くなるかもしれないけど、いい子で待っているんだよ」

ミレイユに大量の課題を出すと、エドゥアールはそう言って屋敷を出た。

彼の乗った馬車が路地の向こうへ消えたのを見送ると、ミレイユは急いで踵《きびす》を返す。

（はいそうですか……なんて、私が素直に引き下がるわけないでしょう？）

エドゥアールからの宿題を自室の机に置くと、ミレイユは「集中して勉強したいから」と使用人を部屋から遠ざけた。

「さて、と」

ミレイユはごそごそと部屋の隅を探り始める。

やがてミレイユが取り出したのは、綿のブラウスにスカート、それから羊革で作られた小さなポシェットだった。どれも侯爵家の屋敷へ連行された際に身に着けていたもので、街歩きにはぴったりだ。ポシェットの中には多少の金銭も入っている。

ミレイユは使用人が休憩を取る時間を狙うと、見つからないように屋敷を抜け出した。

貴族の邸宅が立ち並ぶ地区を素早く抜けた後、路地で辻馬車を拾う。

色々と行きたいところはあるが、まずは売り上げの確認からだ。

懇意にしている商店へ向かうと、店主はミレイユの来訪を大層喜んでくれた。

「あまり足を運べなくてごめんなさい。最近、何か変わったことはある？」

「そうですねえ……。ああ、そういえば」

店主が教えてくれたのは、ミレイユの商品をよく買っていたジャスパーという男性客についてだった。

「ここのところ、やたらとミレイユ様のことを聞きたがるんですよ。もちろん、何も話していませんけど、あの男と顔を合わせないよう、しばらく店には顔を出さない方がいいかもしれませんね。来るにしても、必ず供の者を付けた方がよいかと」

「まあ、そうなの……。くれぐれも気を付けるわ」

ミレイユは今後について軽く店主と打ち合わせると、次は実家であるノーマルド伯爵家の屋敷へと馬車を走らせた。

(急に帰ったら、お父様が驚かれるでしょうね)

すわ婚約破棄か、と早合点して怒られる未来を想像し、ミレイユはふふ、と苦笑する。

だが、屋敷の近くまで来たところで、ミレイユは思いがけない人物を目にすることとなった。

辻馬車の窓から見えたのは、先ほど店主との会話の中で出ていたジャスパーの姿だった。

彼が、他でもないノーマルド伯爵家の門から出てきたのだ。

見つからないよう、ミレイユはさっと身を屈《かが》める。ジャスパーがその場から立ち去ったことを入念に確認した後、ミレイユはおそるおそる馬車から降りた。

（どうして、あの方が私の家に……？）

面識があるとはいえ、それはあくまで製作者と客という関係に過ぎない。

ジャスパーは商人だったはずだ。では、伯爵家に直接、商談に来ていたのだろうか？

だが、大きな商会の代表などであればともかく、彼のような一介の商人が、加えてこの国の人間ではない行商人が、貴族の邸宅を訪れる状況があるようには思えない。

事情を知るべく屋敷に戻ったミレイユが目にしたものは、玄関ホールでがっくりと項垂《うなだ》れる父の姿だった。傍《かたわ》らには、沈痛の面持ちで立ち尽くす執事の姿もある。

「お父様⁉　いったいどうなさったのです！」

「……ミレイユ？　ああ、私はとうとう頭がおかしくなってしまったのか？　娘の幻が見えるなんて……」

ミレイユの呼びかけに、ノーマルド伯爵ははらはらと涙を流し始めた。その顔はすっかり憔悴《しょうすい》している様子だ。

「しっかりしてください！　私は本物、ほら、ここにおりますわ！」

ミレイユは父の肩を揺さぶり、なんとか正気を取り戻そうと試みるのだった。

＊　＊　＊

「ミレイユ、エドゥアール殿の屋敷で結婚の準備をしているはずのお前が、どうしてここにいるのだ⁉　はっ……まさか、破談になって戻ってきたのではあるまいな⁉」

正気に返ったノーマルド伯爵は、開口一番、大慌てでミレイユに詰め寄った。

「元気になってくださったのは結構ですけれど、どうか落ち着いてくださいませ。私はちょっとお忍びで抜け出してきただけで、エドゥアールとの件は順調に進んでおりますわ」

「ならば、よいのだが……って、まったくよくないぞ！　お忍びとはどういうことだ⁉」

相変わらず口うるさい父である。まあ、先ほどのように憔悴されるよりはいいが。

「それよりも！　お父様、事情を伺えますかしら？　先ほど屋敷から出てきた男性は、行商人のジャスパーさんでしょう？　あの方に、我が家とどんなご関係が？」

「既《すで》にあの男と面識があったのか⁉　ああ、こうしてはいられない、すぐにヴァンテイン侯爵家に戻りなさい！　ここは危険だ！」

ジャスパーの名前を出した途端、父は明らかに狼狽《ろうばい》し始める。

「ですから、事情をお聞かせくださいと言っているのです！　いったい、何が……」

「失礼！　ノーマルド伯爵、あの男が現れたと報告がありましたが……」

そのとき、ミレイユと父が揉《も》み合う中、応接間の扉が乱暴に開く。

「エドゥアール⁉」

「ミレイユ！　どうして君がここにいるんだ……⁉」

応接間に現れたエドゥアールは、ミレイユの姿を認めると、険しい表情で詰め寄った。

「それは、その……私にも、色々とやりたいことがあるの！　少しくらい外出したっていいでしょう⁉」

そう開き直ったミレイユだったが――。

「ちっともよくない！　君は、僕たちの尽力をなんだと思っているんだ！」

エドゥアールはそう口にして、次の瞬間、しまった、という顔をする。

「それはどういう意味？　それに、お父様も。私の知らない間に、いったい何があったというの？」

ミレイユの質問に、エドゥアールは苦々しい面持ちで口をつぐんでいたが、やがて深々とため息をつく。

「ノーマルド伯爵、聡いミレイユに、これ以上隠し事をするのは無理でしょう。僕からご説明差し上げても？」

エドゥアールがそう言うと、ミレイユの父はあきらめたように頷く。

――語られた真実は思いもよらない、驚くべきものだった。

「ノーマルド伯爵家は、ジャスパーという行商人に莫大な借金をしているんだ。そして、それが返済できる見込みはない。……このままでは、君は返済の代わりにジャスパーに嫁ぐことになる」

「は……？」

エドゥアールの言葉に、ミレイユは目を丸くした。

「待ってちょうだい。何をどうしたら、そんなことが起きるの？」

「……私が悪いのだ。お前のためを思ったつもりが、こんなことに……」

父の語るところによれば――ミレイユの縁談が一向に成立しないことに気を揉んだ父は、せめて娘に多額の金銭を残したいという気持ちで投資に手を出したそうだ。その際、声をかけてきたのが他ならないジャスパーだったのだという。

「だが、勧められた商材はことごとく暴落し、このままでは爵位も、領地も何もかもを抵当に入れられてしまう。するとあの男は、お前と自分を結婚させれば借金を帳消しにすると言ってきた。ご丁寧に、爵位はいらないとまで付け加えてな」

「恐らく、最初からそれが目的だったんだろう。……ミレイユ、君のお父上は騙されたんだ。その衝撃で、あの日、倒れてしまわれたんだよ」

あの日――エドゥアールが、強引にミレイユとの婚姻を決め、屋敷へと連れ去った日。

「どうして、そんな大事なことを話してくださらなかったの……⁉」

真実を知ったミレイユの胸中に生まれたのは、激しい憤《いきどお》りだった。

「言えるはずがないだろう。こんなことを知れば、お前はまず間違いなく我先にと駆け出してしまう。あの男の元へ乗り込んだら最後、そのまま攫《さら》われてしまうのは確実だ」

「外出を禁じたのは、君を守るためだ。あの男の狙いは爵位でも、ましてやこの家の財産でもない。他でもない君自身だったんだからね」

「なんてこと……」

ミレイユは絶句するしかない。確かに妙に親しげに接してくる男性だとは思っていたが、まさかそこまで懸想《けそう》されていたとは。

「で、でもっ。いつまでもこのままというわけにはいかないでしょう？　私が何も知らずにエドゥアールと結婚したら、伯爵家はすべて、ジャスパーに奪われてしまうのではなくて？」

でなければ、父がこれほどに憔悴するはずがない。

「そうならないために、現在、騎士団と連携して調査を進めているよ。ジャスパーの被害者は君のお父上だけではない。……アレノーも、危うく被害に遭うところだったんだ」

「アレノーも……ということは、先日の視察は、まさかそのために？」

そういえば、視察の最中、エドゥアールが深刻な顔で果樹園の管理人と話し込んでいたことがあった。ミレイユの問いに、エドゥアールは静かに頷く。

「ジャスパーは、レンディアス王国のあちこちで女性に手を出し、詐欺を働いては金を巻き上げている。だが、決定的な証拠はまだ掴《つか》みきれていないんだ。僕は侯爵就任の日までに、必ずあの男の悪事を暴く。それまで、君にはおとなしくしていてほしい。いいね？」

「……そういうわけにはいかないわ」

「ミレイユ⁉」

エドゥアールが血相を変える。だが、ここで引き下がることはできない。

「本はと言えば、我が伯爵家で起こったこと。それに、本を正せば私がいつまでも独り身のまま、お父様に心配をおかけしたことが原因よ。はいそうですか、なんておとなしくしていられると思う？」

黙って守られるだけなんて、ミレイユの性《しょう》に合わない。

「私はあの男と面識があるわ。絶対に、協力できることがあるはずよ。例えば……私を囮《おとり》にして、あの男を泳がせる、とか」

「ミレイユ、何を言い出すんだ！」

ノーマルド伯爵が悲痛な叫《さけ》び声を上げる。

「お父様、私は本気で、大真面目ですわ。エドゥアールをはじめとして、我が国の騎士は非常に優秀です。そんな彼らが明確な証拠を摑めていないのであれば、もっと積極的に打って出る必要がある。……そうでしょう？」

ミレイユはちらりと、幼馴染《おさななじ》みへ視線を送る。すると彼は、複雑な表情を浮かべていた。

「確かに、君の言うことは否定できない」

「エドゥアール殿まで……！」

「実のところ、ジャスパーの悪事の証拠が摑めないのは、彼が常に部下や後援者と綿密な連携を保ち、逃亡体勢を整えているからなのです。だが、ミレイユを餌《えさ》にすれば、そこに隙を作ることができる」

隙が生まれれば、騎士団がジャスパーの拠点を捜査することが可能となる。そうなれば、悪事の証拠を摑み、彼を逮捕することも可能だろう。

「だが、そのために君の身を危険に晒《さら》すわけにはいかない。君の提案は却下だ」

「なら、私は勝手にジャスパーさんのところまで行くわ。自力で悪事の証拠を摑んでみせる。止めても無駄《むだ》よ」

そう告げるなり部屋を出ようとしたミレイユの腕を、エドゥアールが慌てて摑んだ。

「だから君は、どうしてそう……！」

「あなたと結婚したいからよ！」

その反論に、エドゥアールは意表を突かれた様子だった。濃灰色《のうかいしょく》の瞳は驚きを宿し、じっとミレイユを見つめている。

「そりゃ、最初はあなたが強引に進めただけの婚約だったわ。でも、今は違うでしょう？」

ミレイユは、エドゥアールの瞳を真摯《しんし》に覗《のぞ》き込んだ。

「私はあなたのことが好きよ。ずっと一緒にいたい。だから、それを阻《はば》む相手を放っておくわけにはいかないの」

「……わかった。君に絶対に危害が及ばないよう、騎士団と共に作戦を練ろう。それでいいね、ミレイユ」

「ええ、ありがとう！」

やがて、あきらめたように嘆息したエドゥアールへ、ミレイユはとびきりの笑顔で抱き着いた。

「大好きよ、エドゥアール！」

「僕はいつも頭が痛いよ。君に振り回されてばかりだからね」

「あら、それはお互い様よ。あなただって私のことを散々振り回しているじゃない」

「はいはい。まったく……僕はどうせ、君には敵《かな》わないんだ」

大きな手がミレイユの頭を愛おしげに撫《な》でた。その感触を味わいながら、ミレイユは幸せそうに目を閉じる。

その傍らでは、ノーマルド伯爵が事の成り行きをはらはらと見守っているのだった。

＊　＊　＊

エドゥアールに連れられ、彼の屋敷に戻ったミレイユは、ひどく心配した様子の前侯爵夫妻に出迎えられることとなった。

「ああ、ミレイユ！　無事でよかったわ」

「急にいなくなったと聞いて、とても心配したよ」

「申し訳ありません。私、何も知らなくて……」

エドゥアールの話によれば、夫妻とも伯爵家の事情は承知しているらしい。知っての上で、ミレイユを匿《かくま》っていてくれたのだという。

「あなたは我が家の大切なお嫁さんよ。怪しげな男に攫われるなんてもってのほかだわ！」

ルイーズ夫人がミレイユの体を抱きしめた。その言葉も、腕の中も、温かな優しさに満ち溢れている。

「ありがとうございます、おばさま……いえ、お義母《かあ》さま」

「……まあ、まあ、まあ！　あなた、エドゥアール、聞きました!?　ミレイユが今、わたくしのことを母と呼んでくれましたわ！」

「ルイーズ、落ち着きなさい」

「これが落ち着いていられますか！　可愛い娘を手放さないためにも、エドゥアール、お前がしっかりと励《はげ》むのよ！　いいわね!?」

「母上に言われずとも、全力を尽くしますよ。ミレイユは僕にとって、なくてはならない女性なのですから」

「ええ、ええ！　その意気ですとも！　ミレイユ、そういうわけだから、あなたは安心して、この家で過ごしてちょうだいね！」

ルイーズ夫人はミレイユを抱く手にぎゅうぎゅうと力を込める。

「は、はい、お義母さま。ところで……あの……」

苦しいから離してほしい。ミレイユがそう告げられず難儀していると、見るに見かねた前侯爵が夫人を引き剝《は》がしてくれた。

「父上、母上。僕はこの後、ミレイユに話さねばならないことがあります。どうか、僕たちの部屋には誰も近付かないようお命じいただきたい」

エドゥアールはそう言うと、ミレイユの腕を強引に掴み、早足で二人の居室へと向かった。

「エドゥアール、まだ何かあるの？」

大半の話は、侯爵家の屋敷に戻るまでに説明があったはずだ。だが、そう尋ねても彼は無言のまま廊下を歩くばかりで、ミレイユの方を振り返りもしない。

やがて、居室の扉を乱暴に開き、室内へ入ると――エドゥアールは急に、ミレイユの体を抱きしめた。

「え、エドゥアール……？」

「……どうして君は、僕に守られてくれないんだ」

「さっきの囮の話？　でもあれは、あなたも了承してくれて……」

「僕が好きで君を危険に晒すはずがないだろう⁉」

語気が荒くなる。そこに秘められた想いの強さに、ミレイユはしゅんとした顔でエドゥアールの背へ腕を回した。

「……ごめんなさい」

もし、逆の状況で、エドゥアールを危険に晒さなければならないとしたら、ミレイユも同じように怒るだろう。

それがわかっていても、動かずにはいられない。そういう性分に生まれついてしまった。

「僕がどれだけ、君に心を砕《くだ》いているのか……今一度、しっかりと教え込まなければいけないみたいだね」

ミレイユがまったく主張を曲げる気がないと知るや否《いな》や、エドゥアールはその顔を覗き込み、おもむろに唇を重ねた。

「んっ……ふ、ぁ……っ」

強引に唇を割り開かれ、熱い舌が侵入する。瞬《また》く間に舌を絡め取られ、ミレイユはたまらず甘い声を漏《も》らした。

「君が誰のものなのか、その体にしっかりと教え込ませる。……そうでなければ、囮になんて出せるものか」

耳朶に舌を這《は》わせながら、そう囁《ささや》かれる。その間にも、骨ばった大きな手はミレイユの胸元へ伸ばされ、衣服越しに胸の膨らみをやわやわと揉みしだいていた。

「あっ……エドゥアール、いや……」

「駄目だよ、これはお仕置きだ。だいたい、君は本当にわかっているのかい？　……敵地に乗り込んだら最後、あの男に、こうして体を弄《もてあそ》ばれるかもしれないんだよ」

「それは……っ、ああっ」

尖《とが》り始めた胸の頂《いただき》をぐり、と押し込まれ、たまらず声を上げる。

「君の体は敏感だからね。僕以外の手でも、こんな風に反応するかもしれない。それを想像する僕の気持ちがわかるかい？」

「そんな、心配しすぎじゃ……っ、んんっ、あっ……！」

胸の尖りを布越しに摘まれ、ミレイユはひときわ高く啼《な》いた。

「少し触られただけでこれほど感じていたら、説得力がないよ」

エドゥアールは冷たくそう言い放つと、ミレイユの衣服を乱暴に剝いでいく。即座にコルセットの紐を解かれ、ドロワーズを脱がされ、ミレイユは生まれたままの姿になってしまった。

「ちょ、ちょっと……！」

「黙って」

戸惑う唇は、エドゥアールのそれで塞《ふさ》がれた。彼はミレイユの体を焦《じ》れたように抱き上げると、手近な長椅子《いす》へと運んでいく。

「ほら……足、開いて」

長椅子に座らされ、強引に足を開かれた。秘めた場所が、屈《かが》み込んだエドゥアールの眼《がん》前《ぜん》へ、無防備に晒される。

「すごいね、もうトロトロじゃないか」

徐々に日が傾《かたむ》き始める時間だが、部屋の中はいまだ灯りが必要ないほどに明るい。恥ずかしい場所をじっくりと観察され、ミレイユは激しい羞恥《しゅうち》に体を震わせた。

「み、見ないでぇ……っ」

足を閉じようとしても、エドゥアールに太腿を掴まれ、動かすことすら敵わない。

「駄目だよ。全部、僕に見せて……味わわせて……」

エドゥアールはそう囁くと、ミレイユの秘裂へ顔を近付け、ゆっくりと舌を這わせた。

「やっ……、駄目、そんなところ舐《な》めちゃやだぁ……っ、ああっ」

肉厚の花弁を熱い舌でなぞられ、腰がぞくぞくと震える。エドゥアールは丹念に秘裂を愛撫した後、その付け根にある花芯へちゅっと吸い付いた。

「あああっ……！」

先ほどまでの緩やかな刺激から一転、強烈な快感に見舞われ、ミレイユは悲鳴のような声を上げた。充血しきったそこを舌で押し込まれると、あまりの気持ちよさに腰が抜けそうだ。

「ひっ……あ、や、やだっ……だめ、やめてぇ……っ！」

「駄目だよ。しっかりと、僕のことを覚え込ませておかないと。……ほら、こんな風に」

エドゥアールは舌で肉芽の薄い蕾を押し開くと、その内側、さらに敏感な部分を探り出す。ねっとりと舌を押し当てられただけで、えも言われぬ刺激に、瞼《まぶた》の裏にちかちかと光が瞬いた。

「だめ、も……イく、イっちゃう……っ!」

堪《た》えきれず、ミレイユは体を大きく震わせながら絶頂を迎えた。

秘所の奥からぴしゃっと愛蜜が溢れ、エドゥアールの顔を汚《よご》す。彼は頬を濡《ぬ》らしたそれを指で拭《ぬぐ》うと、鮮烈なほどに美しい笑みを浮かべてミレイユを見上げた。

「ははっ、ミレイユはいつからこれほど淫乱になったんだい? 口ではひどく嫌がるくせに、あっという間に気持ちよくなって、こんなに濡らして……」

「それは、あなたが私を……っ、あ、ああんっ……」

反論の言葉すら、喘《あえ》ぎ声にかき消される。エドゥアールがミレイユの内側を指で犯し始めたのだ。

その愛撫はいつもより激しく、粘《ねば》ついた水音が室内に響き渡る。エドゥアールの指は内側の肉襞、その敏感な部分を的確に擦り上げ、達したばかりの体は再び悦楽の渦《うず》へ巻き込まれていった。

「やぁ、またイっちゃ……ああっ！」

快感の波には抗《あらが》えず、ミレイユの体は瞬く間に喜悦に打ち震える。

やがて、エドゥアールの指がずるり、と引き抜かれる。ぽっかりと内側が空いた感覚に、ミレイユは知らず、寂しさを感じていたが——。

「まさか、これで終わりだとは思ってないよね？」

立ち上がったエドゥアールは、愉悦に満ちた微笑《ほほえ》みでミレイユを見下ろすと、その体を強引に裏返した。長椅子の背当てを掴むようにして、四つん這《ば》いの体勢を取らされる。

力の入らない腰を無理やりに持ち上げられ、尻を突き出すような格好にされて、ミレイユの白い肌は恥じらいに赤く染まった。

柔らかな尻に熱く、硬いものがあてがわれる。エドゥアールの怒張は肉襞を割り開くようにして、強引にミレイユの中へ侵入した。

「ああぁっ……！」

潤《うる》みきったそこは、エドゥアールの欲望を難なく受け入れた。肉と肉がぶつかり合う乾いた音が室内に響き始める。

激しい抽挿に、ミレイユはすすり泣くような声を上げた。

「こんな、乱暴にされても感じるのかい？　君はどうしようもないな……っ！」

ズン、と奥を突き上げられ、ミレイユは言葉にならない声を漏らした。散々に昂《たかぶ》った体はいつもより敏感に刺激を拾い上げ、瞬く間に理性を崩していく。

「や、気持ちいいの……っ、そこ、もっとぉ……っ」

もう、何も考えられない。貪欲に快感を求めるミレイユに呼応するように、隘路《あいろ》がきつく収縮する。肉杭を締め付けられ、エドゥアールが苦しげな呻《うめ》き声を漏《も》らすのが聞こえた。

「僕以外の男にも、こんな風に感じるのかい？　ほら、どうなんだ……っ！」

「やぁ、ああっ！」

がつがつと腰を打ち付けられ、ミレイユはなすすべもなくすすり泣く。

「エドゥアールじゃなきゃ、……っ、や、いやなのぉ……っ！」

他の男にこんなことをされるなんて、考えただけでぞっとする。

「なら、僕の感触をよく覚えておくんだ。今日は、君の内側が、僕のかたちにぴったりになるまで突いてあげるから。いいね？」

「ああ、あっ……んんっ、ああっ……！」

ミレイユは目の端から涙を零《こぼ》しながら、何度も頷く。その反応に満足したのか、背後のエドゥアールがふ、と笑う気配がした。

抽挿はさらに激しさを増していく。奥を突き上げられるたび、ミレイユの全身に言いようのないほどの喜悦が生まれ、その強さ、深さは果てがない。

「も、駄目……っ、私、また……っ！」

「いいよ、ミレイユ……一緒に、イこう……っ！」

エドゥアールの欲望が胎内で膨らみ、温かなものを放つ。その感触に安堵するかのように、ミレイユもまた、快感の波に身を委《ゆだ》ねるのだった。

＊　＊　＊

ミレイユを囮にしての作戦は、綿密な打ち合わせのもとに進められた。

エドゥアールの元同僚であるという近衛騎士の精鋭《せいえい》も加わり、調査のための部隊は編成された。

王族の警護を担《にな》うはずの彼らが一介の伯爵家を助けるために動くなど、通常ならありえないことだ。さすがのミレイユも恐縮したのだが、エドゥアールは「気にしないでいい」とそれを一蹴《いっしゅう》した。

「他でもない、シャルル殿下からの勅命なのですよ。新たなヴァンテイン侯爵を助けるように、と」

ジャスパーに悟られないよう、人目を忍んで侯爵家を訪れた近衛騎士の一人は、ミレイユにそう明かしてくれた。

「まあ……。エドゥアールは、随分と殿下に信頼されていたのですね」

いくら王家に縁の深い侯爵家とはいえ、王太子が自ら采配を振るうなど、聞いたこともない。ミレイユの言葉に、近衛騎士の青年は苦笑を浮かべた。

「さすがの殿下も責任を感じておられるのです。エドゥアールを強引に国外への遊学に付き合わせ、二年も帰国させなかったものですから」

「でも、それは当然の責務でしょう？　殿下が気に病《や》むようなことではありませんわ」

「いいえ。彼があなたに懸想《けそう》していることは、騎士団の中では周知の事実でしたから。当然、殿下もご存じの上で、エドゥアールを同行させたのです。その結果、ノーマルド伯爵家はあのような悪徳商人に騙され……おっと、失礼、話しすぎました」

青年が慌てて口を閉じる。振り向くと、ミレイユの傍らに立つエドゥアールが、すさまじい形相で彼を睨《にら》みつけていた。

「ちょっと、エドゥアール。せっかく来ていただいたのに、そんな態度を取ったら失礼よ」

「いいや。口が軽い者は信用できない。今すぐにこいつを追い出してもいいくらいだ」

「もう、しょうがないわね。……ごめんなさい、彼に代わってお詫《わ》びいたしますわ」

「いいえ、気になさらないでください。それよりも、打ち合わせを始めましょうか」

今日は作戦の最後の詰めを行うことになっている。近衛騎士の青年はミレイユを気遣うような笑みを浮かべると、応接間の机の上にいくつかの書類を広げてみせた。

（それにしても……さっき、彼が言いかけたことはなんだったのかしら？）

あれではまるで、今回の一件とエドゥアールに関係があるようではないか。

ミレイユが首を傾《かし》げている間にも、打ち合わせは進行していく。

事前調査により、ジャスパーの悪事の証拠が隠されている場所は判明済みだ。残るは作戦の決行日時、時間、ミレイユの安全を保障するための策など、入念な最終確認が行われていく。

ミレイユも真剣に打ち合わせに耳を傾ける。一歩間違えれば、危険に晒されるのは他ならない自分だ。そう考えると、次第に緊張が高まるのがわかった。

膝の上で組んだ指先が冷えていく。ミレイユの緊張を見て取ったエドゥアールは、肩を竦《すく》め、深々とため息をついた。

「今頃、恐ろしくなったのかい？」

「だ、誰が怖がるもんですか！　これは、その……」

「強がらなくていい。君が嫌なら、いつでも止める準備はできているからね」

エドゥアールはさらりとそう言い放つ。

「もともと、僕は積極的に君を危険に晒したいわけじゃない。一人で暴走されると困るから、こうして計画に加えているだけだ。君がいなくても、他にやりようはある」

「ええ、そうですね。もし、ジャスパーという男が伯爵家の領地を奪おうとしても、王家の権限で遅らせる、とシャルル殿下から言付けを預かっています。やや時間はかかるかもしれませんが、騎士団だけであの男の悪事を暴くことは十分に可能でしょう」

「そんな、シャルル殿下にそこまでしていただくわけにはまいりませんわ！」

これはあくまで伯爵家の、ひいてはこれまで縁談をまとめることのできなかったミレイユの問題だ。

（そうよ、私がしっかりしないと……！）

ミレイユは王太子の厚意に恐縮しながらも、改めて囮としての決意を固めた。

「……その様子だと、考えは変わらないみたいだね。では、予定どおり、作戦の決行を」

二日後の午後、ジャスパーを伯爵家へ呼び出し、ミレイユ自ら歓待する。

騎士団はその間にジャスパーの拠点へ立ち入り調査を行い、犯罪の証拠を掴む。

また、部下の動きを抑えることも重要だ。ジャスパーがここまで騎士団の捕縛を免《まぬが》れてきたのは、その情報網によるところが大きい。なんとしても、彼の逃亡と証拠の隠蔽《いんぺい》を阻止する必要がある。

「全員、くれぐれも注意して望んでほしい」

エドゥアールの言葉に、その場に集う人々はそれぞれ真剣な面持ちで頷く。

打ち合わせが終わり、騎士団員たちを見送ると、ミレイユは執務室へ向かうエドゥアールを呼び止めた。

「エドゥアール。念のため聞きたいのだけれど……外出許可は、下りないわよね？」

「当たり前だろう。今さら何を言ってるんだ、君は」

エドゥアールは呆《あき》れたようにミレイユを見やる。とはいえ、ミレイユもなんの考えもなくこのような問いかけをしたわけではない。

「それでは、家に手紙を書いてもよいかしら？　ジャスパーさんを出迎えるにあたり、どうしても用意したいものがあるの」

「……まあ、それくらいなら構わないよ。後で内密に届けさせよう。だが、いったい何を準備するつもりなんだい？」

「ええとね、実は……」

ミレイユはエドゥアールをちょこちょこ手招きすると、体を屈めた彼の耳元にそっと唇を寄せて囁く。

「それは……うん、悪くない考えだ」

ミレイユの言葉にエドゥアールは目を瞠《みは》る。

「ついさっき、騎士の皆様をお送りしているときに思いついたの。打ち合わせのときにお話しできなくてごめんなさい」

「いや、いいよ。君の安全を確保できる策ならば、いくらでも大歓迎だ」

エドゥアールはミレイユの頬についばむようなキスを落とす。

「ねえ、エドゥアール」

ミレイユは愛しい恋人を見上げ、不意に浮かんだ疑問を口にした。

「もしもジャスパーさんが悪事も何も働いていなくて、我が家が本当に莫大な借金を背負っていたとしたら……あなたは、どうするつもりだったの？」

「それは、君のことをあきらめるか、って意味？　そんなはずないだろう」

エドゥアールは柔らかく目を細め、ミレイユの髪を梳くように撫《な》でた。

「そのときは、侯爵家の財力を駆使して、伯爵家の借金を返済するだけだよ。たかが金で君をあきらめるなんて、馬鹿馬鹿しい」

思いがけない言葉に、ミレイユはぽかんと口を開け——それから、頬を真っ赤に染めた。

「あなた……そんなに私のことが好きだったの？」

「今さら気付いたの？　君は本当に鈍《にぶ》いな」

くすくすと笑いながら、エドゥアールはミレイユを抱き寄せる。

「たとえひとときも離れていても、君のことは僕が必ず守る。だからどうか、くれぐれも無茶はしないように」

「ええ。大好きよ、エドゥアール」

ミレイユはエドゥアールへ身を寄せ、ふわりと微笑むのだった。

＊　＊　＊

「ああ、今日はなんと素晴らしい日だ！　ミレイユ様が直々にこの私めをお招きくださるとは……！」

「私の方こそ光栄ですわ。まさか、我が家があれほどジャスパーさんにお世話になっているとは思いませんでした。父に聞いたときは驚きましたわ」

作戦当日。手紙に書いた時間よりも二十分も早くノーマルド伯爵邸に現れたジャスパーは、玄関ホールで出迎えたミレイユに対し、だらしないほど相好《そうごう》を崩していた。

ここまで好かれていたとは思わなかった。ミレイユは内心、複雑な気持ちを抱えつつ、それを表に出さないように意識を集中させる。

油断は禁物。今日の作戦が失敗すれば、これまで頑張っていた父やエドゥアール、尽力してくれた騎士団の労力が無駄になってしまう。特に今回は、他ならぬシャルル王太子の協力まであったのだ。

「さあ、どうぞこちらへ。ジャスパーさんはいつも私のハーブティーを愛用してくださっていたでしょう？　ですので、今日はとびきりのものをご用意いたしましたのよ」

「それは楽しみです。ですが……」

ジャスパーはおもむろにミレイユへ近付くと、その手の甲へ口づける。

「どうか、私のことはジャスパーとお呼びください。ミレイユ様とは、これからも親しくお付き合いさせていただければと思っているのです」

「いえ、そんな……恐縮ですわ」

ミレイユは頬を染め、恥じらうようにジャスパーから視線を逸《そ》らした……ように見せかけた。実際は怒りと緊張で紅潮した顔を誤魔化したのだが。

ジャスパーを応接間に案内すると、ミレイユはティーポットを持ち、ハーブティーの用意を始めた。万が一に備え、控える使用人は二人とも男性である。

「さあ、どうぞ」

「ああ、ミレイユ様が手ずから淹れてくださったハーブティーがいただけるとは……！」

いちいち大袈裟《おおげさ》なほどに反応するジャスパーに辟易《へきえき》しながらも、ミレイユは彼と穏やかに談笑を始める。

国を股にかけた行商人ということもあり、ジャスパーの話題は豊富だし、含蓄《がんちく》も深い。もし、何も知らずに会話していれば、彼の話に引き込まれていたことだろう。

けれど、大切な実家のみならず、ミレイユにとっては真新しい思い出の地であるアレノーまでをも陥《おとし》れようとしたと知った今は、ただただ怒りが大きくなるばかりだ。

（どうか、エドゥアールと騎士団の皆様が、無事に調査を終えられますように……！）

ミレイユはにこやかに相槌《あいづち》を打ちながら、胸中で必死にそう祈る。

彼らは調査を終えた後、速《すみ》やかに伯爵邸へ移動、ここにいるジャスパーを捕縛する予定だ。

「ジャスパーさん、ハーブティーのお代わりはいかがですか？」

「では、ありがたく。ですが、ミレイユ様もどうかおくつろぎください。せっかくの機会です。ゆっくりとお互いを知ろうではありませんか」

「ええ、そうですわね。では、お言葉に甘えて」

あまり積極的に給仕をしていても怪しまれるかもしれない。

ミレイユは室内に控えていた使用人に給仕を任せ、ハーブティーと共に出されていたパウンドケーキに手を伸ばした。

（……この味）

フォークで小さく切って、口に運んだ瞬間。ミレイユは、微《かす》かな違和感を覚えた。舌に残る甘さの奥に、どこか苦味を感じたのだ。

「ミレイユ様、どうかなさいましたか？」

「ごめんなさい。このケーキが美味しくて、つい手を止めてしまいました」

「おお、それは光栄です！　実は、そちらは私が事前にご用意させていただいたものなのですよ！」

「まあ、そうなのですか⁉」

ミレイユの驚きは本物だ。何しろ、そんな話は使用人たちから一切聞いていない。とはいえ、今日の事情を知るのは執事やメイド長など、ごく一部の信頼が置ける使用人だけなのだが。

「隣国から運んだスパイスを使った新作として、近々王都で売り出す予定のものなのです。よろしければ、味の感想をお聞かせください」

では、先ほどの奇妙な風味は、そのスパイスによるものなのだろうか。ミレイユがあたりさわりのない感想を口にしつつ、そう考えていると――。

（……あら？）

気のせいだろうか、なんだか、頭がふわふわしている。

考えがうまくまとまらない。

ジャスパーと話す自分の口も、呂律《ろれつ》が回っていないような――そう自覚した瞬間、体の力がフッと抜けるのがわかった。

はっきりと意識があるのに、体がぴくりとも動かない。ミレイユが混乱していると、視界の端でジャスパーがゆっくりと立ち上がるのが見えた。

「やれやれ……。随分と手こずらせてくれましたね、ミレイユ様……いえ、ミレイユ」

ミレイユを見下ろすその目は陶然《とうぜん》として、ひどく気味が悪い。

「特製のケーキはいかがでしたか？　体が動かないでしょう。あなたは色々と薬にも詳しそうでしたので、わざわざ外国から無味無臭に近いものを取り寄せたのですよ。といっても、すぐに気付かれてしまったようですが」

ジャスパーはミレイユのそばへ屈み込み、手を伸ばした。ねっとりとした手つきで頬を撫でられ、一瞬で総毛立つ。

「あなたが悪いのですよ、ミレイユ。これほどにまで愛らしく、賢い女性を私は知らない。

あなたを手に入れられるのであれば、私はどのような悪事にも手を染めましょう」

（何が『どのような』よ！　悪いことしかしていないくせに！）

だが、いくらなんでも伯爵家の中でことに及ぶとは、あまりにも無謀ではないだろうか。当然だが、室内には使用人が二人いる。これほどに堂々と無体を働けば、すぐに騒ぎになるはずだ。

「できることなら、今すぐにでもあなたを私のものにしてしまいたいが……手はずどおり、連れていけ」

「はい、ジャスパー様」

ジャスパーの命令に了承の意を示したのは、他でもない二人の使用人だった。

（どうして……!?）

万が一のことがないようにと、今日の人選は慎重に行っていたはずだ。呆然《ぼうぜん》と使用人に抱え上げられるミレイユへ、ジャスパーはにんまりと笑顔を浮かべた。

「なぜと思うのも無理はありません。ですが、ミレイユ様。世の中に、金銭面の不安ほど人の心を揺さぶるものはないのですよ。彼らに伯爵家の借金のことをお話したら、快く協力を申し出てくれました。もちろん、私のところで再雇用することも条件のうちです」

ミレイユは愕然とした。何しろ、今日という日を任された二人は、執事やメイド長の信頼厚い人物だ。まさか、たったそれだけのことで裏切られるとは思わなかった。

しかし、それだけ、ジャスパーという男の話術が優れているということなのかもしれない。他ならぬミレイユの父も、彼の口車にまんまと騙された一人なのだから。

使用人たちはミレイユに大きな布を被せると、人目に付かないよう、庭に面したガラス扉から外へ運び出す。

伯爵邸の庭先は鬱蒼《うっそう》と植物が茂っており、人目を避《さ》けるには絶好の環境だ。とはいえ、庭をここまで森のように仕上げたのは、他でもないミレイユ自身である。

さすがのミレイユも、今日ばかりは自分の趣味である植物栽培を恨めしく思ったが、後の祭りだ。庭の奥にある通用門の向こうには、既にジャスパーのものと思《おぼ》しき馬車が停まっていた。

「出せ」

ジャスパーはミレイユを丁重に馬車へ運び込むと、静かに馬車を発進させた。

「薬はすぐに切れるので、安心してください。私も人形を相手にする趣味はありませんので」

（気持ち悪いこと言わないで……っ！　体が動けばすぐにでもその頬を思いっきり叩《たた》けるのに）

ミレイユはいまだ指先ひとつ動かない体を恨めしく思いながら、にやついた顔のジャスパーを睨みつける。

「さて、このまま王都を出るとしましょう。この国では随分と稼がせていただきましたし、伯爵令嬢をかどわかしたとなれば、どちらにせよ長居はできませんからね。海の向こうか、それとも山の向こうか……。ミレイユはどちらがお好きですか？」

（黙っていれば、好き勝手なことばっかり……！）

どちらも何も、ジャスパーと行動を共にするなんて、絶対にごめんだ。

だが、ミレイユの反抗心とは裏腹に、馬車は速度を増していく。

このままでは、ジャスパーは王都を脱出し、その行方を追うことは難しくなる。加えて、ミレイユの身に危険が及ぶことも間違いないだろう。なんとしても、それだけは避けなければいけない。

（ああ、もう！　この薬、いつまで効いてるのよ……！）

なんとか抵抗を試みようにも、未だ、指の一本すら自由に動かせない有様だ。

「いいですね。とても強い瞳をしていらっしゃる。あきらめていないのだと一目でわかりますよ。ですが、そういう女性を屈服させることこそ、我が望外の喜び……」

ジャスパーは座席の背もたれに体を預けることしかできないミレイユへ、どこかいやらしい視線を向ける。

と、おもむろにその手がミレイユの頬へと伸びた。

「先ほど、人形を相手にする趣味はないと言いましたが……あなたを飼い慣らすには、今から下準備をしておいた方がよさそうですね」

そう言うと、ジャスパーはゆっくりとミレイユへ顔を近付けてくる。

このままでは唇を奪われてしまう。けれど、顔を背けるどころか、瞼《まぶた》も満足に動かせない今、ミレイユに抵抗するすべはない。

（い、嫌ぁっ……！）

心の中でミレイユが叫《さけ》んだ――その瞬間だった。

「……ぐぅっ！」

突然、ジャスパーがミレイユから離れたかと思うと、腹部を押さえて呻《うめ》き始める。

「な、なんということだ……っ、こんなときに、どうして……っ！」

（ようやく効いてくれたわね）

苦悶《くもん》の表情で体を折るジャスパーに、ミレイユは胸中で安堵する。

先ほどの茶会に細工を施していたのは、何もジャスパーだけではない。ミレイユもまた、自分にできる方法で自衛を試みていた。

といっても、使ったのはただの便秘に効くハーブティーだ。

調合や抽出濃度で、その効き目をある程度調節できるという点では、薬に近いかもしれないが。

「くっ……ば、馬車を止めろ！」

「ですが、ご主人様……」

「いいから止めろと言っている！」

ジャスパーと御者の言い争いを聞くうちに、ミレイユの体にも徐々に自由が戻ってきた。

気付かれないよう、ミレイユは慎重に扉の方へと身を寄せていく。馬車が速度を緩めた瞬間を見計らい、飛び降りようという算段だ。多少の怪我は負うだろうが、背に腹は代えられない。

だが――。

「だ、駄目です、旦那様！　追っ手らしき者が、後ろに！」

「なんだと⁉」

車内がにわかに騒がしくなる。ミレイユもまた、慌てて馬車の窓から後方を確認した。

「ああ、エドゥアール！　来てくれたのね！」

たまらず、ミレイユは叫んだ。

白馬を駆り、馬車を追跡するのは、他ならないエドゥアールその人だったのだ。後ろには、数名の騎士が追従している。

「ミレイユ⁉　まさか、もう動けるようになったのですか！　ああ、くそっ！」

ジャスパーは強引にミレイユの腕を掴み、自分の方へと引き寄せる。

「きゃっ……！」

体が動かせるようになったとはいえ、まだ力がうまく入らない。ミレイユはなすすべもなくジャスパーに抱え込まれてしまった。

「離して、離してったら……！」

「そうはいきませんよ。こうなれば、あなたは私にとって唯一の取り引き材料だ」

必死に抵抗を試みるミレイユを、ジャスパーは力ずくで取り押さえる。そうして揉み合っているうちに、エドゥアールの乗った馬は馬車のすぐ横に並んだ。

「そこの馬車、止まれ！」

エドゥアールは仲間の騎士と巧みに連携し、ジャスパーの馬車を停止させた。

しかし、彼によって馬車の扉が開かれたとき――。

ジャスパーに背後から抱えられたミレイユ。その首元に、鋭《するど》い刃《やいば》が突きつけられていた。

「え、エドゥアール……！」

微かに震える声で、ミレイユはようやく会えた彼の名を呼ぶ。

「ジャスパー、貴様……!」

「おっと、不用意な真似《まね》は謹《つつし》んでいただきたい。婚約者の命が惜しければ、ね」

「貴様がこの国で何をしたのか、証拠はすべて押さえてある。ここで逃げたとしても、隣国にまで手配が行き届くのは間違いないだろう。おとなしく投降するんだ!」

「生憎《あいにく》と、私はあきらめの悪い性分でしてね。そちらこそ、彼女がどうなってもよろしいのですか?」

ジャスパーはミレイユの細い首筋にナイフの先端を当てた。ちくりとした感触に、ミレイユの全身に震えが走る。

「エドゥアール、私に構わず、この男を捕まえて!」

「ははっ、何を言うかと思えば。大切な婚約者殿の命を危険に晒すような真似ができる人間であれば、私もこのような手段に訴えることはありませんよ」

その言葉どおり、エドゥアールは煩悶《はんもん》した様子でジャスパーとミレイユを交互に見つめている。腰に差した剣に手を伸ばしてはいるものの、そこから動けないようだった。

「さあ。婚約者の命を助けたいのなら、私をここから逃がしなさ……うっ」

ジャスパーの声が苦悶の響きを帯びる。恐らく、ミレイユの飲ませたハーブティーによる腹痛だろう。

その隙を逃さず、ミレイユは思いっきり背後のジャスパーの腹部に肘を叩きつけた。

「ぎゃああっ！」

ジャスパーが盛大に悲鳴を上げる。拘束が緩んだ瞬間、ミレイユは彼の腕から逃れ、エドゥアールの方へ飛び出した。

「ミレイユ！」

エドゥアールは彼女の体をしっかりと抱きしめる。

「ああ、エドゥアール！」

ほんの少しの間しか離れていないはずなのに、彼の腕の感触、その逞《たくま》しい胸板がひどく懐かしい。

とはいえ、ゆっくりと再会の喜びに浸る時間はない。

ミレイユは、そこで待っていた騎士たちに保護されることとなった。馬車を操っていた従者も、既に取り押さえられている。

エドゥアールはすらりと剣を抜くと、馬車の中で悶絶するジャスパーの喉元にその切っ先を突きつけた。

「レンディアス王国内における数々の詐欺、及び禁制品の取り扱い容疑で、貴様を逮捕する」

「く、くそっ……！」

ジャスパーは強引に馬車から引きずり降ろされ、騎士団員によって牢獄へと移送されるのだった。

＊　＊　＊

「ミレイユ、無事でよかった……！」

騎士団によるジャスパーの移送を見送ると、エドゥアールは保護されていたミレイユの元へ一目散に駆けつけた。

「誤算だったよ。まさか、伯爵家の中から内通者が出るとは……。君を守ると誓っておきながら、危険な目に遭わせてすまなかった」

「いいえ、謝らないで。本はと言えば、私が悪いのだもの」

ノーマルド伯爵や使用人の二人がジャスパーの口車に乗せられた原因は、元を正せばミレイユの縁談がいつまでもまとまらなかったことだ。

「それよりも、助けに来てくれてありがとう。私、いざというときは馬車から飛び降りよ

うと思って、覚悟を決めていたのよ」

「そんなことをしたら、怪我だけでは済まないかもしれないだろう！　どうして君は、そう無謀《むぼう》なことを思いつくんだ……」

「まあまあ、こうして無事に済んだのならいいじゃないですか」

苦々しい表情のエドゥアールを諌《いさ》めるように、随伴していた騎士の一人が穏やかな笑みを浮かべた。

「私は近衛騎士として長くエドゥアール様の下におりましたが、この方がこれほどまでに取り乱されるのは初めて見ました。お二人とも、本当に愛し合っておられるのですね」

「おい、ジズ……」

「ええ、そうですとも！」

ジズと呼ばれた青年とは別の騎士が、そのやり取りに朗《ほが》らかな笑い声を上げた。

「いつも冷静沈着なエドゥアール様に、このような表情をさせられるのは、ミレイユ様だけです！　まったく、良いものを見せていただきました。シャルル殿下へのよい土産話になりそうですよ」

「ガンド！　お前まで何を言い出すんだ！」

ふい、と顔を背けるエドゥアール。その耳が赤く染まっているのを見て、ミレイユはくすくすと笑った。

「まったく、君と一緒にいると、命がいくつあっても足りないよ。……だけど」

エドゥアールは不意に真剣な表情を浮かべ、ミレイユの前にひざまずく。

「君を救い出せてよかった。一瞬でもその身を危険に晒した僕を、どうか許してほしい」

そっと手の甲に口づけられる。その真剣さに、ミレイユもまた頬を赤らめた。

「も、もうエドゥアールったら、改まって何を言うかと思えば、そんな……」

「君の姿が伯爵家から消えたと知ったとき、僕は後悔したんだ。やはり、こんな作戦を決行するべきではなかったと。君に囮になることを許したのは、僕が無能だったからに他ならない。どれだけ言葉を尽くしたところで、許されることではないよ」

「エドゥアール……」

その言葉の端々から感じ取れる悲しみに、ミレイユもしゅんと表情を曇らせる。

「私の方こそ、ごめんなさい。あなたにどれだけの心配をかけたのか、私、わかっていたつもりで、全然わかってなかったわ」

もし、自分とエドゥアールの立場が逆転したら――ミレイユはふと、そんなことを考える。そうなれば、自分は絶対、彼が囮になることを止めるだろう。

けれど今回、エドゥアールはそれを許してくれた。彼はミレイユの意思を尊重し、その上で全力を尽くして守ってくれたのだ。

(私……本当に、彼に愛されているのね)

ミレイユは膝をついたままのエドゥアールを抱きしめるように身を屈め、その額に口づけた。そこには、二人の絆《きずな》を結ぶきっかけとなった、微かな傷跡がある。

「エドゥアール、私たち、幸せになりましょうね」

「ああ。君が嫌だと言っても、もう二度と離すつもりはないよ」

ミレイユの体を抱きしめ返すと、エドゥアールは幸せそうに微笑むのだった。

＊　＊　＊

ジャスパーの捕縛から一週間程《ほど》が経った日の夜。

ついに、エドゥアールの侯爵就任を披露するためのパーティーが開かれた。

ヴァンテイン侯爵邸の壮麗なアプローチに次々と豪奢《ごうしゃ》な馬車が停まり、着飾った男女が屋敷へと吸い込まれるように消えていく。

会場は、侯爵邸の大広間だ。ミレイユも何度かダンスの練習で足を踏み入れているものの、今日はまったく雰囲気《ふんいき》が違った。

天井のシャンデリアに灯された光が、大理石の敷かれた室内を眩《まぶ》しいほどに照らし出す。鈴なりに咲いた小さな花が彫刻された柱が立ち並び、その間には深紅《しんく》のカーテンが引かれていた。壁にかかる絵画には、遠く異国の景色が描かれている。

ミレイユは婚約者としてエドゥアールの隣に並び、次々と訪れる来賓と丁寧な挨拶《あいさつ》を交わしていく。

「エドゥアール様、侯爵就任、及び婚約おめでとうございます」

「ありがとうございます、ヴォーティ辺境伯。そのようなお言葉をいただけて光栄です」

にこやかに対応するエドゥアールの横で、ミレイユもまた笑顔を浮かべつつ、脳内に詰め込んだ情報の中から相対する人物を探し当てる。

（ええと、この方は確か、三代前の侯爵と懇意にされていた……）

基本的には笑顔で挨拶をしていればいいのだが、話題を振られたらきちんと返さなければいけない。そのためには相手の肩書きや関係を把握しておかねばならず、一時たりとも気を抜くことはできなかった。

（こ、これは……予想以上に大変だわ……！）

エドゥアールの花嫁教育に幾度となく苦しめられたミレイユだが、いざ当日を迎えると、その厳しさが必要なものだったのだと、嫌でも実感する。

「しかし、エドゥアール様の婚約者が、これほどにお美しい方だとは思いませんでした。年甲斐《がい》もなく、つい見惚《みと》れてしまいましたよ」

「まあ、そんな。もったいないお言葉ですわ」

ミレイユはたおやかな笑みを浮かべると、スカートの裾を摘まんで一礼した。

今日のドレスは淡いブルーを基調としたものだ。光沢のある生地に、透け感のあるシフォンを重ね、まるで妖精のような雰囲気を醸し出している。ふんわり広がったスカートの裾には、ところどころ真珠が縫《ぬ》い込まれ、動くたびに控えめな煌《きら》めきを放っていた。

夜会ということもあり、大きく開いた胸元には、大粒の真珠とエメラルドをあしらった首飾り。淡い金髪の髪には、首飾りと対《つい》になったデザインのティアラが飾られている。

準備を終え、大きな姿見で自分の姿を確認したときは、別人のような可憐《かれん》さに驚いたものだ。長く続く来賓への挨拶周りを耐えられているのも、その効果が大きい。

（それに、エドゥアールも、いつもよりずっと、ずっと格好いいし）

ちらり、横に立つ幼馴染みへ視線を向ける。

今日のエドゥアールは、白を基調とした正装だ。襟元には金糸で刺繍《ししゅう》が施され、胸には近衛騎士団在籍時に王家から賜《たまわ》った勲章をいくつも飾っている。

（そういえば、エドゥアールは、私を守るために騎士になってくれた……のよね？）

以前、彼から聞いた言葉を思い出す。そう考えると、勲章のひとつひとつが、ミレイユに対する愛情を意味すると言っても過言ではないのではないだろうか。

「ミレイユ……ミレイユ？」

「ああ、ごめんなさい。あなたがあまりにも素敵《すてき》だから、見惚れてしまって……」

ぼんやりしていたミレイユは、どう誤魔化すか一瞬悩んだものの、思い切って素直に話すことにした。

「ふふ、お二人とも仲が良いのですね。では、私はこれで」

ヴォーティ辺境伯は微笑ましそうな視線を二人に送り、その場から離れていく。

「……ミレイユ」

「…………何よ」

エドゥアールの含みのある視線に、ミレイユはさっと頬を染めた。

「まあ、いいけどね。一応、誤魔化し方としては合格点だ」

エドゥアールは深々とため息をついているが――その顔が、どこか嬉《うれ》しそうなのは、ミレイユの気のせいではないだろう。

（まったく、素直じゃないんだから）

もっとも、それはミレイユにも言えるのだろうが。

ミレイユはそっとエドゥアールに寄り添い、目を閉じる。そろそろ疲れてきたが、彼の存在を感じるだけで、まだまだ頑張れそうだ。

そうして、来賓への挨拶が落ち着く頃――。

「なかなか頑張ったじゃないか、ミレイユ」

大広間の隅に置かれた長椅子にぐったりと身を預けたミレイユを見下ろし、エドゥアールはからかうような笑みを見せた。

「きちんと勉強しておいて正解だっただろう？　もっとも、君の覚えがよくて、僕も助けられたけどね」

「あなたがどうして外面ばっかりいいのか、今日だけでよーくわかった気がするわ……」

この数の人間と付き合わなければいけないのなら、感情を表に出すわけにはいかない。ミレイユは改めて、幼馴染みの気苦労を実感する。

「だからこそ、君にそばにいてほしいんだよ。あの日、僕が退屈しているのを一目で見抜いてくれた君に……ね」

「気を遣わなくてもいい、の間違いではなくて？」

「そうとも言うかもね」

エドゥアールが忍び笑いを漏らすのと時を同じくして、楽団の指揮者が現れた。

「ダンスが始まるよ。ミレイユ、もう少しだけ頑張ってくれるかい？」

「ええ、もちろんよ」

「その意気だ。では……どうか、僕と踊ってください。たった一人の愛しい君」

うやうやしく差し出された手を取り、ミレイユは彼と共に広間の中心へ進む。

やがて、楽団の演奏が始まると、ミレイユはエドゥアールと共に円舞曲《ワルツ》を披露した。

もともとダンスはあまり得意ではなかったのだが、こちらも散々に鍛《きた》えられたおかげで、人並み程度には上達している。弦楽器の重なる音が耳に心地よい。くるくると回る視界、煌めく灯り。そして、目の前には最愛の幼馴染みがいる。

まるで、夢のようなひとときだった。

縁談を次々と断られ、つい一か月ほど前までは、独り身を貫く覚悟すらあったというのに。

（……人生って、不思議だわ）

ほんのわずかな間で、ミレイユはさまざまなことを学んだ気がする。

人を愛するということ。誰かと共に生きることの難しさと、それを可能にするための努力、話し合い――。苦労を差し引いたとしても、二人で過ごす時間の方が何倍も楽しいということ。他愛のない話をして、共に眠る時間の尊さは、何ものにも代え難《がた》い。

「エドゥアール。これからも、よろしくね」

「なんだい、いきなり。……まあ、こちらこそ、ね」

ステップを踏みながら、お互いに顔を見合わせ、くすくすと笑い合う。

幸福そうに踊る二人を目にした人々からは、次々と感嘆のため息が零れた。

そうして、夜会は大成功を収め——夜は、ますます更けていくのだった。

エピローグ

王都の中央区にある大聖堂。その尖塔《せんとう》の鐘が壮麗《そうれい》に鳴り響く。

夏の花が満開に咲き乱れる頃、ミレイユはついにエドゥアールとの結婚式の日を迎えた。

純白のドレスに身を包んだミレイユは、少し緊張した面持ちで大聖堂の中へと足を踏み入れた。ふんわりと結い上げた淡い金髪に飾られているのは、ダイヤをあしらったティアラ。長いヴェールには繊細なレース編みの花がいくつも咲き誇《ほこ》り、歩くたびにふわりとそよぐように揺れていた。

一歩、また一歩。ゆっくりと進むミレイユの隣には、同じく純白の正装をまとうエドゥアールの姿がある。銀の髪を後ろに撫《な》でつけたその顔は、心なしかいつもよりずっと凛々《りり》しく見えた。

「病《や》める時も、健《すこ》やかな時も。喜ぶ時も悲しむ時も。あなたはここにいるエドゥアールを夫として愛し、敬《うやま》い、慈《いつく》しむことを誓いますか？」

「はい、誓います」

新郎新婦、それぞれが誓いの言葉を口にした後、二人で指輪を交換する。

エドゥアールがミレイユの手を取り、そっと嵌《は》めてくれた銀の指輪には、侯爵家の紋章である小さな花の細工が施されていた。

「では、最後に誓いの口づけを交わすことで、この婚姻が成立したものとする」

立会人である聖職者の言葉を合図に、エドゥアールがミレイユの顔を覆《おお》うヴェールを持ち上げる。

「……ミレイユ」

「はい」

ただそれだけのやり取りが、不思議と胸に響く。濃灰色《のうかいしょく》の瞳が優しい光を帯びるのを見つめてから、ミレイユはそっと目を閉じた。

やがて、二人の唇が重なると、参列者から温かな拍手が上がった。

大聖堂の外に出ると、石畳の道に降り注ぐのは色とりどりのフラワーシャワー。今日このときを祝うために、大勢の人々が集まってくれていた。

「やあ、二人とも。待ちに待った日を迎えた気分はいかがかな?」

色鮮《あざ》やかな花びらが舞う中、集まった人々へにこやかに手を振っていると、不意に近付いてきた青年からそう声をかけられる。

「まあ、あなたは……！」

ミレイユは驚きに目を瞠《みは》る。声の主は、他でもないこの国の王太子、シャルルだったのだ。豪奢《ごうしゃ》な金の髪を後ろで結わえ、王家の象徴を縫《ぬ》い込んだ略装に身を包んだそのいでたちは、一目見てわかるほど威厳と気品に満ち溢れている。

すぐに最敬礼の姿勢を取るミレイユとは対照的に、エドゥアールは同じように敬意を示してはいるものの、その態度はどこか不遜《ふそん》だ。

「これは、シャルル殿下。わざわざご足労いただき恐縮です」

「はは、相変わらず心にもないことを言うのが得意だな、君は」

温和な、けれど貼り付けたような笑みで対応するエドゥアールに、ミレイユは内心はらはらしてしまう。

王家の人間に失礼なことがあってはならないし、何より、礼儀に厳しいエドゥアールが不敬とも取られるような態度を見せることが信じられなかったのだ。

だが、シャルルは気分を害する様子もなく豪快に笑う。他ならぬ王位継承者の登場により、ミレイユをはじめ、集まった人々は緊張した面持《おもも》ちで様子を窺《うかが》っていた。

「ああ、楽にしていいぞ。私は新郎の友人として、婚礼を祝いに来たに過ぎない」

その言葉に、ミレイユはおそるおそる緊張を解く。すると、シャルルはミレイユをじっと見つめ、にんまりと笑ってみせた。

「そうか、これが例の……。ふむ、美しいな。エドゥアールがあれほど執着するだけのことはある」

「あ、ありがとうございます……」

ミレイユが戸惑いながらも感謝の言葉を口にすると、エドゥアールは彼女を庇《かば》うようにさっと一歩進み出た。

「殿下、僕の大切な花嫁です。あまりじろじろ見ないでいただきたい」

「え、エドゥアール！」

表情こそ笑顔だが、エドゥアールはもはや迷惑そうな様子を隠そうともしていない。ミレイユは慌てて彼を諫《いさ》めるものの、シャルルはますます愉快そうに笑うばかりだ。

「ああ、奥方。気にするな。私とエドゥアールはいつもこんなものだ。それに、私が気を利かせていれば、この婚礼は早まっていたはずだし、そなたもあのような事件に巻き込まれることはなかった。恨まれるのは当然だろう？」

「はあ……。そういえば、以前にも似たような話を聞きました。あの、殿下。いったいどういうことなのか、お伺いしてもよろしいですか？」

エドゥアールの同僚だったという近衛騎士との話は、途中で遮《さえぎ》られてしまった。思わずミレイユがそう尋ねると、シャルルはにやりと口の端を持ち上げる。

「なに、単純な話だ。二年前、エドゥアールがそなたに求婚しようと準備していたところを、私が強引に遊学へと連れ出しただけのことよ」

「まあ……。エドゥアール、そうなの？」

「……そうだよ。一応、勅命だったからね」

エドゥアールが小さくため息をつく。

「でも、あなた、全然そんな態度じゃなかったのに」

エドゥアールに言われた嫌味の数々を、ミレイユは忘れていない。拗《す》ねたように睨《にら》みつけると、彼は肩を竦《すく》めてみせた。

「それは……色々と、理由があるんだよ」

「色々と、じゃないの。後できちんと説明してちょうだい」

「はは、奥方殿も遠慮がないな。そうでなければこの男の妻など務まるはずもない……いや、逆か。二人とも、随分と愉快な夫婦になりそうだな」

「面白がらないでください、殿下」

「はは、そなたが素直な感情を顔に出すだけで面白いのだ、それは無理というものだろう。

……どうか二人とも、永く健やかに。またいずれ、ゆっくりと話をしようではないか」

改めて祝福を伝えると、シャルルはその場を去っていく。

それを見送ると、ミレイユとエドゥアールは互いに見つめ合い、幸せそうに微笑《ほほえ》むのだった。

＊　＊　＊

多くの来賓が訪れていたこともあり、披露宴は夜が更けるまで続いた。

おかげで、寝室に戻ったのはすっかり真夜中だ。

「はあ、疲れた……」

ミレイユはぽつりとそう呟《つぶや》き、柔らかな寝台に身を投げ出した。

もはや、披露宴のためにまとったドレスを脱ぐ気力すら惜しい。できることなら、このまま目を閉じて眠ってしまいたい。

「ほら、ミレイユ。せめて靴ぐらいは脱いだらどうだい」

エドゥアールは苦笑を浮かべてその傍《かたわ》らに腰かけると、踵《かかと》の高い靴をそっと脱がせる。

「ああ、ありがとう、エドゥアール……って、何をしてるの？」

エドゥアールの手がドレスの裾をめくり、薄い絹の靴下をまとった足を撫《な》で上げていく。その手つきが妙に淫靡《いんび》で、ミレイユはたまらず息を詰めた。

「何って……まさか、このまま寝るつもりだったわけじゃないよね？」

「え？」

きょとんとした顔で瞬《まばた》きをするミレイユに、エドゥアールは呆《あき》れた表情を浮かべると、その体に覆《おお》い被さる。

「ん……」

そっと唇を重ねられ、ぼやけた頭の中に、微《かす》かな熱が灯る。ミレイユの吐息が艶《つや》めくのを確かめると、エドゥアールの舌が柔らかな唇を割り開いた。口腔内へ侵入したそれは、歯列を丁寧になぞってから、ミレイユの舌を絡め取る。

舌を優しく吸われ、しごかれて、ミレイユは体を震わせた。

エドゥアールは器用にドレスを脱がせ、コルセットの紐をするりと解いてしまう。豊かな胸の膨らみが現れると、エドゥアールは掬《すく》うようにそれを揉《も》みしだき始めた。

「んん……んっ……」

ミレイユの声に甘さが増していく。エドゥアールの口づけは、まるですべてを奪おうとするかのように、激しくなる一方だ。

ようやく解放されると、ミレイユは荒く息を吐《は》きながら、自分を見下ろすエドゥアールをキッと睨《にら》みつける。

「もう、少しは手加減してちょうだい」

「それは無理な相談だね」

エドゥアールは、喉を震わせるように低く笑った。銀を散らした濃灰色の瞳に宿るのは、確かな情欲だ。見つめられるだけで、体の芯がぞくりとするのを抑えられない。

「名実ともに、君を僕のものにできるんだ。興奮せずにはいられないだろう」

「いやらしい言い方しないで……っ、あ、ああっ」

言葉を遮《さえぎ》られるように、胸の頂《いただき》を指で摘まれる。たまらず声を上げると、エドゥアールは満足そうに愛撫を続けた。

薄赤い蕾はたちまち充血し、ぴんと尖《とが》ってしまう。エドゥアールは指の腹でそれを圧し潰すようにしながら、ミレイユの耳元でそっと囁《ささや》いた。

「ほら、もうこんなになってるよ。わかるかい？　とても気持ちよさそうだ」

ミレイユの返事を待たず、エドゥアールは細い首筋へ舌を這《は》わせる。丁寧な愛撫に、ミレイユはどうしようもなく体が昂《たかぶ》っていくのがわかった。たまらず擦り合わせた足の間は、既《すで》に湿り気を帯びている。

エドゥアールの舌は首筋から鎖骨へ、そこからさらに下へと移動していく。やがて胸の膨らみを大きな手で持ち上げるようにして、彼はその頂を口に含んだ。軽く吸われただけで、体がジンと痺れるような快感が生まれる。

「ああ、あ……や、あ、ああん……」

熱い舌で尖りきった蕾を圧し潰され、ミレイユはうっとりとエドゥアールの頭を抱きしめた。まるで、もっと、もっととねだるように。

「すっかりいやらしくなったね、ミレイユ。ほら、最初の頃よりもずっと敏感になっている。ここも、それに、ここも……」

エドゥアールは乳暈《にゅううん》を舌でなぞりながら、ミレイユの足の間へ手を伸ばした。愛蜜でぐっしょりと濡《ぬ》れてしまった下着を取り去り、秘められた場所へ指を差し入れる。肉厚の花弁を割り開くと、粘着質な音がミレイユの耳に届いた。

「ああ……」

ミレイユはうっとりと目を閉じ、あえかな声を上げた。

長い指が秘裂をかき分け、充血した花芯へ触れる。そっと触られただけで、今までとは比べ物にならないほどの快感がミレイユの全身を走り抜けた。

「ああ、あっ……ああっ、や……っ」

「……嫌なら、やめるけど?」

からかうような囁きと共に、エドゥアールは指を止める。

「やだぁ……やめないで……もっとして……」

ようやく得られた快感を奪われ、ミレイユはねだるように腰を揺らした。

「やれやれ、仕方ないな。いつの間にこんなに淫乱になったんだい?」

わざとらしく意地悪な素振りをして、エドゥアールは肉芽を擦り始めた。愛蜜をたっぷりと含んだ指は、ミレイユの快感をどうしようもなく高めていく。

「や、だって……エドゥアールが、私を、こんな風に……っ、ああ、あっ!」

執拗《しつよう》に肉芽を擦り上げられて、ミレイユはすすり泣くような悲鳴を上げた。

やがて、絶え間なく続く快楽の波が、ミレイユを忘我の地平へと押し流していく。

「ああ、あっ……っ、あ、やあぁぁっ、ああーっ!」

ぴんと全身を張り詰めて、ミレイユは今日初めての絶頂を迎えた。

「あっという間にイってしまったね。敏感な体だ、とても可愛いよ」

エドゥアールは愛蜜で濡れた指をゆるゆると動かし、達したばかりのミレイユの体からさらなる快楽を引き出そうとする。

それは、ひどく幸せな時間だった。

彼に愛されていること――そして、彼を愛していることを、本能で感じるようなひととき。

もっと触れられたい。愛されたい。体の奥から湧き上がる衝動が、ミレイユの細い体の隅々までをも支配し、ますますその感覚を鋭敏《えいびん》にした。

エドゥアールの唇が、指が、触れられている場所のすべてが熱い。

「ね、エドゥアールも、脱いで……」

肌と肌が触れ合う熱が恋しくて、ミレイユはうわ言のようにそう囁いた。

すると、エドゥアールは一瞬動きを止めたかと思えば、上体を起こし、素早く礼装を脱ぎ捨てる。

「ミレイユ、自覚はないんだろうけど、あまり煽《あお》らないで」

エドゥアールは、ため息をつきながら下履きを脱いだ。その下から現れた欲望の強さに、ミレイユの視線はつい吸い寄せられてしまう。

（いつもより、大きい……）

彼も興奮しているのだ。そう考えるだけで、ミレイユの体もますます昂っていく。

「エドゥアール、早く来て……」

肌と肌を触れ合わせたい、その熱を感じたい。欲望に濡れたミレイユの声に、エドゥアールは少し怒ったような表情で彼女へ覆い被さった。

噛《か》みつくような乱暴なキスをされても、今はそれすら快感を高める材料に過ぎない。荒々しくのしかかられ、胸の膨らみを圧し潰す胸板の逞《たくま》しさに鼓動が跳ねた。

（もっと……）

エドゥアールを求める気持ちを込めて、彼の背へ両腕を回す。彼はぐい、とミレイユの両足を持ち上げると、その間へ体を滑り込ませた。

潤《うる》みきった秘裂をかき分け、長い指が内側へと差し入れられる。

すっかり緩んだそこは、その侵入を難なく受け入れた。浅い部分を擦られると、腰が内側から蕩《とろ》けてしまいそうだ。

「ははっ、指が食い千切られそうだ。今からこんなになっていたら……この後、どうなってしまうんだろうね？」

エドゥアールは愉快げに笑うと、ミレイユの太腿に硬いものを押し当てる。熱く脈打つその感触に、ミレイユの体がぶるりと震えた。

微かな恐れと、期待。エドゥアールにも指摘されたが、今日のミレイユはひどく淫《みだ》らだ。エドゥアールの欲望で内側を突かれて、滅茶苦茶《めちゃくちゃ》にされてしまいたい。欲望を自覚するごとに、胎内に灯る熱はますます激しくなる一方で。

エドゥアールも、きっとそのことに気付いている。だから、差し入れられる指の本数が増え、動きも激しくなっていくのだ。

「ほら、こうされるのは気持ちいいよね？」

「あ、ああっ……気持ちいい、あ、ああっ……いいの……っ！」

ぐちゅぐちゅと水音を立てて隘路《あいろ》をかき回され、ミレイユはその快感に啼《な》くことしかできない。

「や、お願いエドゥアール……私、もう……っ！」

もっと奥深くまで満たされたい――ミレイユの懇願に、エドゥアールは指を引き抜くと、自身の欲望をあてがい、一息に挿入した。

「ああっ……！」

待ち焦《こ》がれた感触に、ミレイユは歓喜の声を上げる。

十分に潤ったそこは、易々《やすやす》と欲望の侵入を受け入れた。その切っ先を奥へ、奥へと押し付けながら、エドゥアールがほう、とため息を零《こぼ》す。

「もう、こんなに熱い……僕も、すぐにでも蕩けてしまいそうだ……」

「ああ、私も……エドゥアールが熱くて、すごく、大きくて……」

ぐりぐりと奥をこじ開けられるような動きに、ミレイユの胎内もまた、熱く蕩けていく。

「ああ、エドゥアール……っ」

緩やかな、けれど強い快感の波に流されるまま、ミレイユは再度の絶頂を迎える。

すると、エドゥアールは未だその勢いを衰《おとろ》えさせることのない欲望を引き抜いた。

「あ……」

急に内側が空いてしまった感覚に、ミレイユは寂しげな吐息を零す。

「そんな声出さないでよ。次は君に動いてもらおうかと思っただけなんだから」

「それ、どういう……きゃっ」

達したばかりでうまく力が入らない体を、軽々と抱え上げられる。エドゥアールに導かれるまま、ミレイユは寝そべる彼の体の上へまたがる体勢になってしまった。

「はは、いい眺《なが》めだ」

「や、なんだか恥ずかしい……」

ミレイユは引き締まったエドゥアールの腹筋に手を添え、もじもじと腰を震わせる。

「たまにはこういうのもいいだろう？　ほら、腰を浮かして」

「こ、こう……？　あぁっ……」

言われるがまま腰を持ち上げると、彼をまたぐように大きく開いた足の間に、再び、熱い欲望が侵入した。

「ん、これ、いやぁ……変なとこ、当たって……」

「へえ、ここが快《よ》いんだ」

ミレイユが微かに体を震わせたのを見逃さず、エドゥアールは肉杭で内側の一点を擦り上げる。

「やあ、動かないで……っ」

ミレイユは頬を紅潮させながら、ふるふると首を振る。すると、エドゥアールは腰の動きをぴたりと止め、彼女の顔をじっと見上げた。

「ほら、止めたよ。次はどうする？」

「そんなこと、言われても……」

「動かないでって言ったのは君だろう？」

エドゥアールは戸惑うミレイユの尻を撫で上げ、口の端を持ち上げた。

「気持ちよくなりたいのなら、自分で動くんだ」

「そんな、恥ずかし……んっ」

身じろぎしただけで、エドゥアールの欲望がミレイユの胎内を抉《えぐ》った。その感触の甘さに、たまらず吐息が零れてしまう。

「なら、いつまでもこのままだ。……気持ちよくなりたくないの？」

「そんな……エドゥアールの意地悪、あ、ああっ……」

下肢の疼《うず》きに耐えられず、ミレイユは繋《つな》がったままの腰を揺らし始めた。恥じらいながらも動くと、肉杭に穿《うが》たれた内側のみならず、膨れた花芯までもがエドゥアールの体に圧し潰され、じわりと甘い感触を生み出す。

「あ、や……これ、だめ、気持ちよくなっちゃう……んっ」

いつしかミレイユは、夢中で腰を動かしていた。その様子を、寝台に横たわったままのエドゥアールが、愉悦も露わに見上げている。

「はは、どこもかしこも蕩けてるね。可愛いよ、本当に可愛い」

「ああっ、んっ……やだ、見ちゃやだ……んんっ」

悲鳴のような声が漏れたのは、エドゥアールがミレイユの胸に触れたせいだ。長い指が柔らかな膨らみを揉みしだき、尖りきった頂が指で愛撫される。

「もっと気持ちよくなろうか。ほら、僕も手伝ってあげるから」

「やあ、あ……っ、ああっ、あ……っ」

ミレイユは耽溺《たんでき》するように目を閉じる。腰を揺らすたび、体中が快楽で蕩けていくようだ。

「エドゥアール……私、また……っ」

緩やかな快楽の波は、しかし確実にミレイユを極みへと押し上げた。ひときわ大きく体を震わせ、絶頂を迎えるその姿を、エドゥアールは満足そうに見やる。

「それじゃ、次は一緒に気持ちよくなろうか」

エドゥアールはミレイユと繋がったままの状態で体を起こし、その体を抱きしめた。

（あったかい……）

ミレイユはエドゥアールの首に腕を回し、銀の髪へ顔を埋めた。

エドゥアールの匂《にお》いがする。ただそれだけのことが、胸を温かなもので満たしていく。

「動くよ」

エドゥアールは短くそう告げると、ミレイユの内側を激しく突き上げ始めた。

「ああ、あっ……ん、やぁ、奥、当たって……っ！」

体勢のせいか、先ほどからエドゥアールの欲望がミレイユの胎内の最奥へ届いている。そこを突かれると、今までに感じたことがないくらいの快感が走った。

達したばかりの体は、再び絶頂の波に攫《さら》われて。けれど、深々と穿たれ、次々と生まれる快感は留まることを知らず、ミレイユの細い肢体をさらなる高みへと強引に押し上げた。

「や、私……も、おかしくなっちゃう……っ！」

終わることのない喜悦に、ミレイユは本能的な怯《おび》えを感じる。その瞳に浮かんだ涙を掬うように、エドゥアールの唇が寄せられた。

「ミレイユ、舌、出して」

言われるがままに舌を出し、彼のそれと絡ませる。

互いの熱も、唾液も、快感も、すべてを分け合うようなキス。

エドゥアールと、身も心もひとつになっている——それが、たまらなく幸せで。

「ミレイユ、次は一緒にイこう……ほら、ほらっ！」

「ああ、あっ……ん、ああっ、あ、あっ……！」

エドゥアールの動きに合わせ、ミレイユの興奮も高まっていく。

「ミレイユ……ミレイユ、愛してる……っ！」

「ああ、私も……エドゥアール、お願……来て……っ！」

抽挿はどんどん激しくなり、やがて、ミレイユの内側に熱い飛沫《ひまつ》が放たれる。

その感触を味わいながら、ミレイユは全身を包む喜悦のまま、エドゥアールの体をしっかりと抱きしめるのだった。

＊　＊　＊

「……でも、そんなに私のことが好きだったのなら、もっと早くに言ってくれればよかったのよ。おかげで私、したくもない遠回りを散々する羽目になったわ」

エドゥアールの大きな手が、ゆっくりと頭を撫でてくれるのが心地よい。

共に快楽を味わった後の、気だるい体を寝台に横たえながら、ミレイユはふとそう零す。

「もし、私の縁談がまとまっていたら、あなたはどうするつもりだったの？」

何しろ、エドゥアールは自由奔放なミレイユを守るために近衛騎士になったとまで口にしているのだ。ミレイユの疑問に、エドゥアールはふ、と口の端を上げた。

「大丈夫。君の縁談がまとまる可能性は皆無だったんだよ。……というか、まだ気付いていないのかい？」

エドゥアールはおもむろにミレイユの左手を取ると、その薬指にキスをする。

「……ノーマルドの鈴蘭《すずらん》。あの通り名は、僕が付けたんだよ」

「なんですって……？」

思いがけない言葉に、ミレイユは体を重ねた疲れも忘れ、驚きに目を瞠《みは》る。

「結婚式のときに指輪を交換しただろう？　ヴァンテイン侯爵家の家紋に使われているのは、他ならぬ鈴蘭の花だ」

「そういえば……」

屋敷の玄関に飾られたタペストリーにも、大広間の柱にも、小さな鈴蘭の花があしらわれていたような気がする。子どもの頃から見ていたのに、まったく気に留めていなかった。

「君に求婚しようとした男は、嫌でもあの通り名の意味に気付くことになる。あらかじめ、そういう風に噂《うわさ》を流してしてあったのさ」

何しろ、ヴァンテイン侯爵家は王家にも近しい国内の名門だ。その嫡男が懸想《けそう》しているとあれば、田舎育ちの伯爵令嬢にわざわざ好んで手を出そうという男はまずいない。

「遊学に付き合う代わりに、シャルル殿下も快く社交界への根回しに協力してくださったよ。……だから、こうして帰ってくるまで、君は独り身のままだっただろう？」

「な、な、な……！」

ミレイユはわなわなと唇を震わせ、とんでもない事実をさらりと打ち明けたエドゥアールを睨みつけた。

「全部……全部、エドゥアールのせいだったっていうの……⁉」

気が遠くなるほどの数の縁談を断られたのも、そのせいで独り身を貫くことを覚悟したのも、女だてらに爵位を継ごうと張り切らなければいけなかったのも、全部。

「怒ったかい？」

くす、とエドゥアールが微笑み、ミレイユの顔を覗《のぞ》き込む。

「……もう、過ぎたことよ」

その表情の美しさと、滲《にじ》み出る幸せそうな雰囲気を見ていたら、怒りもどこかに行ってしまった。

「しょうがないから、許してあげる。でも、その代わりに……」

「その代わりに？」

「これからも、散々にあなたを振り回してあげる。だって私、やることがたくさんあるのだもの」

結婚式が終わった今、ミレイユはようやく自由な時間を手に入れられそうだ。

「実家の植物の引き継ぎ先を見つけなきゃいけないし、こちらの屋敷に植木鉢を運び込みたいし……それに、商店へ卸す商品も作らなきゃいけないの」

侯爵家へ植木鉢を運ぶことは、既にルイーズ夫人にも許可を得ている。サンルームが華やかになる、と義母はとても喜んでいた。

「あなたも、侯爵の仕事がおありでしょう？　私のことはお気になさらず、しばらくはお互いに自由を満喫しましょう」

「それは困る」

エドゥアールは拗ねたようにそう言うと、ミレイユの体を抱きしめた。

「次は、僕との新婚旅行だろう。君にはもうしばらく、僕のものでいてもらうよ」

「……まったく、仕方ないわね」

ミレイユは彼の体を抱きしめ返すと、その唇についばむようなキスを落とした。

これから始まる日々、そのめくるめくような幸福に、思いを馳《は》せながら——。

あとがき

こんにちは、香村有沙です。

このたびは本作をお手に取っていただき、ありがとうございます！

今回はバイタリティー溢れるヒロインのミレイユが、意地悪で少々偏執的な幼馴染みのエドゥアールと繰り広げる、賑やかな物語となりました。執筆中ミレイユの勢いに引っ張られ、登場人物の誰もが溌剌と動いていく……そんな貴重な経験をさせていただきました。

どうか、読者の皆様にも、この物語を楽しんでいただけますように。

また、イラストを担当くださったなおやみか先生、ありがとうございました！　あまりの二人の愛らしさ、美しさに、初めて拝見した瞬間から胸の高鳴りがすごいです……！

そして、執筆にあたりご助力いただいた担当編集様をはじめ、この本に携わっていただいた皆様に御礼申し上げます。

最後に、この本をお手に取っていただいた読者の皆様に、改めて感謝を。

いつかまた、どこかでお目にかかれますように。

原稿大募集

ヴァニラ文庫では乙女のための官能ロマンス小説を募集しております。
優秀な作品は当社より文庫として刊行いたします。
また、将来性のある方には編集者が担当につき、個別に指導いたします。

◆募集作品

男女の性描写のあるオリジナルロマンス小説（二次創作は不可）。
商業未発表であれば、同人誌・Web 上で発表済みの作品でも応募可能です。

◆応募資格

年齢性別プロアマ問いません。

◆応募要項

・パソコンもしくはワープロ機器を使用した原稿に限ります。
・原稿は A4 判の用紙を横にして、縦書きで 40 字 ×34 行で 110 枚 ~130 枚。
・用紙の 1 枚目に以下の項目を記入してください。
　①作品名（ふりがな）/②作家名（ふりがな）/③本名（ふりがな）/
　④年齢職業 /⑤連絡先（郵便番号・住所・電話番号）/⑥メールアドレス /
　⑦略歴（他紙応募歴等）/⑧サイト URL（なければ省略）
・用紙の 2 枚目に 800 字程度のあらすじを付けてください。
・プリントアウトした作品原稿には必ず通し番号を入れ、右上をクリップ
　などで綴じてください。

注意事項

・お送りいただいた原稿は返却いたしません。あらかじめご了承ください。
・応募方法は必ず印刷されたものをお送りください。CD-R などのデータのみの応募はお断りいたします。
・採用された方のみ担当者よりご連絡いたします。選考経過・審査結果についてのお問い合わせには応じられませんのでご了承ください。

◆応募先

〒100-0004　東京都千代田区大手町 1-5-1　大手町ファーストスクエアイーストタワー
株式会社ハーパーコリンズ・ジャパン　「ヴァニラ文庫作品募集」係

策士な侯爵様はお転婆令嬢を溺愛する

～偽装婚約かと思いきや、すべて計画通りでした⁉～　Vanilla文庫

2023年9月5日　第1刷発行　定価はカバーに表示してあります

著　者　香村有沙　©ARISA KAMURA 2023

装　画　なおやみか

発行人　鈴木幸辰

発行所　株式会社ハーパーコリンズ・ジャパン

東京都千代田区大手町1-5-1

電話　03-6269-2883（営業）

0570-008091（読者サービス係）

印刷・製本　中央精版印刷株式会社

Printed in Japan ©K.K. HarperCollins Japan 2023 ISBN978-4-596-52552-9